KB005391

까칠한 재석이가 폭발했다

까칠한 재석이가 폭발했다

고정욱 지음

애플북스

《까칠한 재석이가 폭발했다》 개정판 출간을 맞이하며

청소년들은 자신의 넘치는 에너지를 분출할 길이 많지 않습니다. 그러다 보니 본능에 충실한 학생들이 패거리를 만들어 약한 친구를 괴롭히는 일이 생깁니다. 이것은 과거의 역사책이나 문학책을 읽어 보아도 쉽게 발견할 수 있는 인간의 본성 가운데 하나입니다. 약자를 괴롭히고 서열을 만들고 힘으로 제압하는 것.

하지만 인간은 짐승이 아닙니다. 옳지 않다는 것을 알게 되면 바로잡을 수 있는 능력이 있습니다. 인간에게는 이성이 있기 때문입니다. 또한 그릇된 것을 고쳐 실천할 수 있는 용기와 기개도 본성입니다.

저는 학교에서 집단 따돌림이 벌어지는 이유가 책을 충분히 읽고 그를 통해 자신의 삶과 친구들의 관계에 대해서 생각해 볼 기회가 없었기 때문이라고 생각합니다. 독서를 통해 세상의 간접 경험을 두루 하게 되면 지혜가 깊어지면서 통찰력이 생깁니다. 인생의 한순간을 함께 지내는 소중한 존재인 친구들에게 폭력을 휘두르거나 고통스럽게 하는 행동은 부끄러운 일이라는 사실을 깨닫게 됩니다. 스스로 느끼고 깨닫고 터득하지 않는 한 학교 폭력은 사라지기 어렵습니다. 그래서 저는 그런 학생들에게 도움을 주기 위해 전국 학교에 강연을 다니고 있습니다.

학생들도 스스로 나쁜 것을 압니다. 옳지 않은 것을 압니다. 다만 그것을 억제하고 막지 못할 뿐이지요. 이제라도 친구들을 소중히 여기고 자신의 에너지를 건전한 방향으로 쏟아붓기 바랍니다. 독서, 운동, 취미, 친구들과의 소통과 대화……. 생각해 보면 긍정적으로 에너지를 쏟을 곳이 아주 많습니다.

중고등학교 시절 주먹을 휘두르던 친구들을 지금 만나 보면 그 삶이 참으로 형편없습니다. 친구들 괴롭히고 따돌렸던 그 아이들이 살면서 누구의 도움을 받고 누구에게 환영을 받겠습니까? 나의 미래를 생각해서라도 학교 폭력은 반드시 뿌리 뽑혀야 합니다. 그럴 시간에 자기 자신을 충실히 하고 책을 읽으며 공부를 하여 미래를 위해 투자하도록 해야 합니다. 이 책이 많은 분에게 학교폭력과 왕따가 얼마나 옳지 않은 것이지 깊이 생각해 보는 계기가 되길 바랍니다.

2022년 12월

북한산 기슭에서

고정욱

차례

머리말

좌충우돌하는 청춘에게

성격이 좋은 나도 같은 반 친구들에게 따돌림을 당한 적이 있다. 그 이유는 내가 장애인이어서였다.

중고등학교 때 늘 가방을 들어주던 친구가 있었다. 그 친구는 학교에서 나하고 친하게 지냈고 우리 집까지 가방을 들어다 주었다. 하지만 그러고 나서는 장애가 없는 친구들과 광화문에 놀러 가거나 여학생들과 만나기도 했다. 다음날 친구들이 무엇을 하며 놀았고 어디에 갔었다는 이야기를 들으면 나는 깊은 소외감을 느꼈다. 장애가 없었더라면 나도 그 친구들과 함께 어울릴 수 있었을 텐데…….

물론 그런 따돌림은 지극히 개인적인 문제였는데 조직적인 따돌림도 당했었다. 나는 중고등학교 때 수학여행을 가지 못했다. 장애가 있어 부여 낙화암이나 경주 불국사 같은 곳에 올라갈 수 없다는 것이 그 이유였다. 사회 시스템이 나를 따돌린 거였다. 그래서 내 앨범에는 수학여행 사진이 없다.

집단 따돌림이 우리 사회에서 일반화한 것은 그리 오래되지 않았다. 나 같은 장애를 가진 학생에게만 있는 일이었을 뿐, 내가 학교 다닐 때는 학급 구성원 누구를 일부러 멀리하거나 그 아이를 집중적으로 괴롭히는 일은 없었다. 같은 반 친구 중 자기들끼리만 어울리는 패거리들이 있긴 했지만 누구 한 사람만 소외시키는 일은 극히 드물었다.

그런데 지금은 왕따와 학교 폭력이 일상화한 듯하다. 나는 그 원인을 전적으로 우리 사회에 둔다. 어른들에게서 보고 배운 그대로, 옳은지 그른지는 생각지도 않은 채 무작정 따라 하는 것이다.

학창 시절 친구를 배려하고 약자를 도우며 인간 대 인간으로 서로를 존중하지 못한다면 그것은 참으로 불행한 일이다. 학교는 누구에게나 한시라도 빨리 등교하고 싶은 즐거운 마음이 생기는 곳이어야 한다. 교실에서는 누구나 보호받고 무엇을 해도 인정받고 자유로워야 한다. 만약 학교가 가기 싫고 왕따를 당해 죽고 싶은 마음이 생기는 곳이고, 함께 공부하는 친구들조차 두려워진다면 그것은 제대로 된 학교가 아니다.

이 책은 바로 그러한 학교 폭력과 왕따를 주제로 삼아 쓰였다. 까칠한 재석이가 가지는 강력한 영향력을 통해 우리 교실이 행복한 공간으로 바뀌고 왕따와 학교 폭력이 문제라는 것을 어린이와 청소년 모두 인식할 수 있게 되었으면 정말 좋겠다. 아울러 어른들과 학교 역시 학교 폭력이 얼마나 심각한지를 인지하고 최소한 학교에서만큼은 왕따와 폭력에 시달리는 일이 없게 한다면 더 바랄 나위 없을 것이다.

아이는 꽃으로도 때리지 말라고 했다. 그만큼 우리 아이들은 귀하고 소중한 존재다. 단 한 사람이라도 고통받는 학생에게 귀 기울여 주는 학교, 대화를 통해 아픔을 보듬어 주는 사회가 되었으면 한다.

이번 작업은 자료조사와 취재에 많은 시간이 걸렸다. 그 과정에서 가슴 아픈 사연들과 상황들을 많이 접했다. 이번 〈까칠한 재석이 시리즈〉에 그러한 문제의식을 더 잘 반영하고자 심혈을 기울이다 보니 예상보다 작업시간이 오래 걸렸다.

〈까칠한 재석이 시리즈〉에 많은 관심을 갖고 기다려 준 이 땅의 모든 어린이와 청소년들에게 다시금 고마운 마음을 전한다. 모두가 어제보다 오늘이, 그리고 지금 이 순간이 더 행복하길 바란다.

2017년 북한산 기슭에서

고정욱

전편 줄거리

말보다 주먹이 앞서고 가진 거라곤 큰 덩치와 의리뿐인 황재석. 문제아에서 작가지망생으로 그야말로 환골탈태한 재석은 열심히 책을 읽고 글쓰기 연습을 하며 앞으로 다가온 '소설 공모전'을 준비하느라 바쁘게 보낸다.

하지만 재석에게 이런 평화로운 학교생활은 아무래도 사치인 걸까? 또다시 커다란 문제가 발생한다. 어느 날 불쑥 금안여고 1학년 얼짱 채린이 찾아와서 재석에게 사귀자며 애정공세를 퍼붓는 것이다. 채린의 갑작스러운 관심과 애정표현이 재석은 좋기는커녕 당황스럽고, 채린의 당돌한 행동 때문에 여자 친구 보담마저 결별을 통보하며 원치 않는 삼각관계에 빠지자, 이런 상황이 재석은 괴롭기만 하다.

그런데 설상가상, 채린이를 미워할 수만은 없는 일이 생기고 만다. 채린이가 다른 학교 얼짱 서클에게 집단폭력과 사이버 테러를 당하게 된 것이다. 불의를 보면 도저히 참지 못하는 재석은 민성과 보담, 향금과 함께 채린이를 도와주게 되고, 다시 한번 위험천만한 상황에 빠지게 되지만 멋있게 문제를 해결한다. 그리고 이 사건을 통해 외모로 서열을 정하고 마음에 들지 않으면 집단 폭력까지 하는 얼짱 문화의 문제점을 인식하고 각자의 개성과 다양성을 발전시키는 게 얼마나 중요한지 깨닫게 된다.

1
갑작스러운 초대

중간고사가 모두 끝났다. 학생에게 있어 시험은 마치 대나무의 마디 같은 것이다. 대나무가 성장하려면 한 번씩 맺어 주어야 하는 마디, 속이 비어 있어도 곧게 높이 자랄 수 있게 해 주는 마디. 그렇게 마디를 맺으며 대나무는 자란다. 하지만 아무리 그렇더라도 시험을 준비하고 겪어 내는 과정이 결코 즐거울 수만은 없는 게 학생의 숙명이다.

재석과 민성은 영어 시험을 끝으로 종례를 마친 뒤 교실을 나섰다. 교실 밖 복도에선 옆 반 병조가 기다리고 있었다.

"재석아!"

"어, 병조야."

이름을 부르는 것이 인사다. 같은 학교 울타리 안에서는 그런 거다.

"오늘 약속 잊지 않았지?"

병조가 다시 한번 약속을 확인했다.

"그럼. 네 사촌이라고?"

"응. 지금 외사촌 동생네 차가 밖에 와 있을 거야."

"무슨 차까지……."

"야! 차 좋은 거냐? 외제 차야? 혹시 마세라티나 람보르기니 뭐 그런 거냐?"

차에 관심이 많은 민성이 물었다

"하하, 그렇게까지 부자는 아니셔."

병조가 민성의 어깨를 두드리며 말했다. 병조는 대학에 글쓰기 특기생으로 들어갈 계획이었다. 이미 대학교 백일장이나 글짓기 대회에도 꾸준히 참가해 여러 차례 입상 경력을 쌓았다. 그런 만큼 병조는 고등학생 수준 이상으로 글을 잘 썼다.

"요즘 글은 잘 쓰고 있니?"

병조가 재석에게 조심스레 물었다. 처음 글을 쓸 때는 병조에게 곧잘 보여 주던 재석이 최근 들어서는 통 보여 주지 않았기 때문이다.

"에이, 나는 글 쓰기 시작한 지 얼마 안 돼서 기복이 심해. 잘 써지다가도 통 못 쓸 때도 있고. 안 그래도 너한테 좀 봐 달라고 할까 생각 중이었어."

"언제든지 가져와. 실력은 별로 없지만 내가 봐 줄게."

"고맙다. 새로 소설을 써 볼까 하는데, 뭘 써야 할지 아직 고민 중이야."

늘 그게 문제였다.

베르베르의 소설들을 읽다 보면 상상력을 자극하는 소설을 쓰고 싶어진다. 하지만 그러려면 아는 게 많아야 했다. 베르베르가 《개미》를 쓰기 위해 개미를 관찰하고 연구한 양만도 어마어마하다는 말을 듣고는 바로 포기했던 것도 바로 그 때문이다. 베르베르는 어렸을 때부터 개미에 대해 흥미를 갖고 유심히 관찰하고, 어른이 된 뒤에도 아프리카까지 가서 개미에 대해 연구했다고 한다. 그뿐만 아니라 원고를 120번 가까이 고쳐 완성했다는 말을 듣고는 혀를 내둘렀다. 이처럼 좋은 작품을 읽고 감동을 받아 그와 비슷한 걸 써보려 해도 작품 한 편을 위해 작가가 얼마나 공부하고 준비했는지를 생각하면 글을 쉽게 시작할 수 없었다.

"아는 게 없어서 말이야."

병조가 자신이 고민하는 게 무엇인지 잘 안다는 듯 고개를 끄덕이며 말했다.

"그래서 처음엔 내가 가장 잘 아는 걸 주제로 써야 해."

"그렇지? 그런데 자꾸 어설프게 모르는 걸 쓰려고 해서 큰 일이야. 하지만 내 주변 이야기를 쓰려 해도 고삐리가 뭐 할 얘기가 있어야 말이지."

"내가 잘 아는 이야기는 왠지 평범해 보이지만 절대 그렇지 않아. 원래 글이란 건 내가 잘 아는 걸 써야 더 잘 쓸 수 있다고 생각해. 고등학생이면 고등학생의 감수성으로 쓰면 되지 뭐. 내가 뭐 대단한 걸 써서 상 타는 줄 알지만 별거 없어. 야자 하다 떠오른 생각, 독서실에서 공부하는 이야기 뭐 이런 것들을 잘 메모해 뒀다 쓰면 좋은 결과가 나오더라고."

"글 쓰는 데 인문학도 필요하다고 해서 난 요즘《손자병법》을 읽고 있어."

재석은 들고 있던 두꺼운 책을 보여 주었다.

"넌 이제 싸움도 안 하면서 그런 건 뭐하러 읽냐?"

민성이 빈정대자 병조가 정색하며 말했다.

"《손자병법》은 나도 읽은 적 있는데 되도록이면 싸우지 말라는 내용이 담겨 있어."

"맞아. 나도 책을 읽어 보고서야 알았어. 전쟁과 싸움은 맨 마지막에 하는 거더라고. 최대한 다른 방법으로 이기라는 거지. 이런 글을 수천 년 전에 썼다니, 인간의 능력은 정말 대단해."

"그걸 글로 안 남겼으면 오늘날 우리는《손자병법》이 뭔지도 몰랐을 거야."

운동장을 가로지르면서 병조는 계속해서 재석과 글쓰기에 대해 이야기했다. 그러다 문득 민성이가 아무 말 없이 조용히 따라오는 걸 보고 아차 싶었다. 일을 부탁하면서 재석의 단짝인 민성을 소외시켜서는 곤란했기 때문이었다.

"민성인 요즘 뭐 찍냐? 여전히 외장 하드 빠방하고?"

민성이 찍은 영상을 여러 개의 외장 하드에 저장한다는 걸 알고 있는 병조가 물었다.

"응. 그래도 용량이 맨날 부족해. 아 짜증 나."

"그래? 데이터 저장해 두는 게 제일 큰 문제구나."

"그래도 요즘에도 다양하게 열심히 찍고 있어."

"나는 민성이 네가 제일 부러워."

"뭐가 부럽냐?"

"너는 네가 원하는 게 뭔지 확실히 알고 있잖아. 꿈이 영화감독이라며? 난 우선 대학입학이 급해서 꿈이 뭔지 생각하기조차 쉽지 않던데."

"꿈이 뭐 별건가? 그냥 좋아하고 하고 싶은 걸 하면 되는 거지."

"하긴 그래."

세 사람은 이야기를 나누며 교문 밖으로 나왔지만 자동차는 보이지 않았다.

"좀 늦나 봐. 기다려보자."

병조가 주변을 두리번거리며 말했다.

"그나저나 너희 친척 집에는 왜 가자는 거야?"

"나도 자세히는 못 들었어. 내 사촌 동생 일인데 정의로운 친구의 도움이 필요하대. 숙모님이 그런 친구 있으면 소개해 달라고 하셔서……."

"정의? 하하! 그 단어 만화영화에서 좀 들어본 것 같다."

"암튼 우리 숙모님 부탁이라……. 내 주변에는 정의로운 애가 재석이 너밖에 없잖아."

재석이 머쓱한 얼굴로 눈썹까지 내려온 앞머리를 한번 쓰다듬고는 말했다.

"야, 내가 정의로운지는 모르겠고. 나 이제 애들 때리거나 싸우지 않는 거 너도 알잖아."

"주먹 쓰는 일은 아닌 거 같아."

그렇게 교문 밖을 어슬렁거리고 있자 고급 승용차 한 대가 비상등을 깜빡이며 미끄러지듯 다가왔다. 차가 멈추자 기사가 황급히 내려 병조에게 뛰어 왔다.

"병조 학생, 여기 있었군. 나는 후문 쪽으로 갔다가……."

"안녕하세요?"

"자, 어서 타. 사장님께서 댁에서 기다리셔."

사십대쯤 되어 보이는 기사는 재석과 민성을 따뜻하게 맞아주었다. 차에 오르자 승용차는 별 진동 없이 출발했다.

승용차 안은 멋졌다. 가죽으로 된 고급 시트에 향긋한 냄새, 하늘이 보이는 선루프까지 모든 것이 최고급이었다.

"와우, 멋있는데!"

민성은 핸드폰을 꺼내 자동차 실내를 여기저기 찍었다.

조수석에 앉은 병조가 고개를 돌리며 말했다.

"나도 이 차는 처음 타 봐."

병조 옆에서 기사가 덧붙였다.

"사장님께서 업무 보실 때 이용하시는 차예요"

"아 네."

그래서 그런지 차 안에서는 좋은 향기가 났고, 조수석 등 뒤에 붙어 있는 모니터로는 인터넷 서핑도 할 수 있었다. 민성은 이것저것 눌러보며 신기해했다.

"와, 역시 외제 차는 달라. 최고야, 최고."

하지만 재석은 마음 한구석이 무거웠다. 회사 사장님이 본

인의 업무용 차까지 보내면서까지 일개 고등학생인 자신을 불렀다는 게 영 께름칙하고 마음이 편치 않았다.

자동차는 빠른 속도로 시내를 통과해 마침내 한강 변의 주상복합 아파트 주차장 안으로 들어섰다. 입구에는 마치 보안 경비업체에서 나온 것 같은 젊은 사람들이 차가 들어오는 것을 주시하고 있었다. 재석이 일행이 탄 차는 등록된 차라 그런지 지하주차장으로 거침없이 진입했다. 이윽고 지정 주차 공간에 차가 정지하자 세 사람은 차에서 내렸다. 인터폰을 누르자 투명한 출입문이 바로 열렸고 일행은 엘리베이터를 타고 28층 아파트 꼭대기 층으로 올라갔다.

"와우, 이게 말로만 듣던 펜트하우스 아냐? 대박! 병조 너희 사촌 엄청 부잔가 보구나!"

민성이는 엘리베이터 유리창 밖 풍경을 찍으며 연신 감탄했다.

"응, 사업하시는데 최근에 만든 상품이 히트쳤나 봐."

"와! 무슨 상품인데?"

"가서 보면 알아."

엘리베이터가 거의 진동도 없이 미끄러져 올라가 28층에 멈추자 아이들은 열린 문을 통해 밖으로 나왔다. 놀랍게도 엘리베이터는 현관과 바로 연결되어 있었다.

"우와 28층을 통째로 쓰나 봐! 대박이다!"

민성이 기가 죽었는지 재석의 귀에 소곤거리며 말했다.

"숙모님, 저 왔어요."

병조가 안에다 대고 소리치자 우아한 모습의 한 중년 부인이 평상복을 입은 채 나와 재석이 일행을 맞아 주었다.

"병조야, 어서 와. 다들 바쁜데 와 줘서 고마워요."

"아, 아닙니다. 안녕하세요!"

재석이 고개 숙여 정중히 인사했다. 그러자 병조가 두 아이를 소개했다.

"이쪽 키 큰 애가 재석이고요, 얘가 민성이에요."

"안녕하세요? 황재석입니다."

"헤헤. 김민성입니다."

"반가워요. 난 병조 숙모예요."

두 아이가 하얀 대리석 바닥이 깔린 복도를 지나 거실로 쭈뼛쭈뼛 들어서자 한강이 보이는 탁 트인 전망이 쏟아져 안기듯 눈에 들어왔다.

"아!"

재석의 입에서도 탄성이 절로 나는 전망이었다.

"자, 앉아요. 아줌마, 여기 과일 좀 내 와요."

가정부에게 간식을 주문하고 일행을 고급소파로 안내한 병조 숙모는 명함을 꺼냈다.

"자 이거 내 명함. 한 장씩 받아요."

어른에게 명함을 받아본 게 처음이라 재석은 어쩔 줄 몰라 했다.

"황재석입니다. 저는 학생이라……."

"호호 알아요. 학생이 무슨 명함. 민성 군도 내 명함 받아요."

그런데 놀랍게도 민성이는 병조 숙모에게서 명함을 받더니 주머니에서 주섬주섬 뭔가를 꺼내 내미는 거였다.

"저는 명함이 있습니다."

재석도 보지 못한 명함이었다.

"어머, 대단한 학생이네. 어디 보자. VJ 겸 PD 김민성? 멋진걸!"

민성이 어깨를 으쓱하면서 말했다.

"네. 부자가 되려면 부자처럼 행동하라고 책에서 읽은 적이 있거든요. 피디가 되려면 피디처럼 행동하려고 명함을 만들었어요. 프린터로 뽑은 것이긴 하지만."

가장 놀란 건 병조였다.

"야, 어디 줘 봐. 나도 작가라고 명함 하나 만들어야겠다."

병조도 명함을 달라고 손을 내밀었다.

"내가 명함을 아무한테나 주는 줄 아냐, 짜식."

밝은 성격의 민성이 그렇게 분위기를 띄우는 사이 재석은 명함을 살펴봤다. 명함에는 '유니버스 전자 대표이사 민경미'라고 씌어 있었다. 명함에 박힌 환하게 웃는 사진이 인상적이었다. 곧이어 가정부가 과일을 내오자 병조 숙모는 바로 본론으로 들어갔다.

"오늘 재석이 학생을 만나자고 한 건 다른 게 아니고 우리 아들 때문이에요"

"예? 아드님이요?"

"응. 지금 방에 있어요. 좀 있다가 소개해 줄게요."

"무슨 일인데요?"

"우리 아이가 듣도 보도 못한 일을 겪었어요. 글쎄 학교에서 5학년 형이 의형제를 맺자고 했대요."

의형제라는 말을 듣자 재석은 무슨 일인지 대충 알 것 같았다.

"그래서요?"

"우리 애는 자기는 의형제 같은 거 맺을 필요 없다고 그랬대요. 그랬더니……."

"왕따가 시작됐죠?"

민성이 다음 상황을 안다는 듯 내뱉었다. 세 아이의 얼굴은 동시에 굳어졌다. 일진과 왕따 문제가 초등학교에까지 번졌다는 사실을 눈앞에서 확인했기 때문이었다.

인간은 사회적 동물이다. 모여서 살기 때문에 자연스럽게 위계질서를 형성하게끔 되어 있다. 개들도 서열과 위계가 정해지면서 질서가 유지되듯, 인간 사회도 그러한 서열과 위계가 힘의 역학 작용으로 자리 잡았다. 문제는 이런 서열 관계가 어린 학생들에게조차 예외 없이 적용된다는 점이다. 학교 교실에서 앉은 자리만 보더라도 뒤쪽에 앉은 아이와 앞쪽에 앉은 아이들은 서로 다른 세계에서 사는 것처럼 보인다. 어디 그뿐인가. 힘 있는 아이들은 세력을 형성하여 암암리에 학교의 권력 구도를 장악하고 있다. 학교에 다닌다는 것은 어찌 되었든 이 위계질서가 만들어 놓은 사회 속으로 들어가는 것이다.

"이게 우리 아이가 받은 상장이에요."

민 대표는 준비해 놓은 두꺼운 파일을 여러 개 보여 주었다. 펼쳐 보니 그 안에는 초등학생이 받았다고는 믿기 힘든 포트폴리오로 꽉 차 있었다. 어려서부터 피아노나 플루트 같은 악기를 연주해서 받은 표창장이 수두룩할 뿐만 아니라 글쓰기 대회에 나가 받은 상장들과 사진이 셀 수 없을 정도로 많았다.

"우리 아이는 아빠를 닮아서 예술적 재능이 탁월해요. 나는 보다시피 이렇게 사업을 하고 있지만…….”

민 대표가 가리키는 벽을 보니 산업자원부 장관상을 비롯해 각종 표창장과 상패가 벽면 가득 채워져 있었다.

“뭘 만드셨는데요?”

“가정용 청소기를 만들었어요.”

“예?”

“혹시, 만능청소기 미미 들어봤나요?”

“어, 그거 우리 집에 있어요. 우리 엄마가 그거 진짜 좋댔어요.”

민성이 반색하며 말했다.

“그 회사 사장님이 원래는 평범한 주부였다고 엄마가 그러셨는데……. 어느 날 청소기를 쓰다가 불편해서 청소기에서 자동으로 물이 뿜어져 나와 물걸레로도 사용할 수 있고, 살균 기능도 있는 청소기를 개발했다던데요.”

“호호, 고마워요. 아주 잘 아네요. 그게 바로 미미 청소기에요. 아름다움이 두 배라고 미미(美美) 청소기라고 했죠. 자, 이게 그동안 나온 모델들이에요.”

한쪽 방에는 다양한 청소기 모델들이 잔뜩 전시되어 있었다. 사실 재석이네 집에도 그 청소기가 있었다. 가격대비 품질이 좋고 성능이 우수하다고 해서 한때 붐을 일으키며 엄마들 사이에서 유행했었다.

"외국에 수출도 하고 중국 시장 같은 곳에서도 나름 선전하고 있어요."

"와, 대단하시네요."

"주부에서 유명 사업가가 됐다고 텔레비전이나 잡지에도 많이 나오셨어."

병조가 옆에서 부연 설명을 했다. 그렇지 않아도 어디서 많이 본 얼굴이어서 재석이는 고개를 갸웃거리던 중이었다.

"자, 사업 이야기는 이쯤 하고. 아무튼, 우리 아이는 나와는 다르게 예술적 감각이 있고 명랑한 아이였는데 최근 표정이 안 좋아진 거예요. 왜 그렇게 힘이 없고 기분이 안 좋으냐고 물어봤더니 대답을 안 해요. 나중에 몰래 일기장을 봤더니 아까 말한 의형제 사건이 적혀 있더라고요."

재석은 묵묵히 이야기를 듣고 있었고, 옆에 있던 민성은 이런저런 이야기를 덧붙였다.

"그게 바로 시작이에요. 의형제 맺자고 한 후 받아들이면 학교 폭력 세력과 연결되고 거절하면 왕따가 되는 거예요."

"맞아요. 그래서 지금 저렇게 학교에도 안 간다 그러고 방에만 틀어박혀 있어요. 너무 속상해서 병조에게 하소연했더니 재석 학생이 옛날에 불량 서클에 잠시 속해 있었는데 이제는 거기서 나와 반듯하게 생활하고 있다고 하기에 부탁하려고요. 어떻게 우리 아이 좀 도와줄 수 없을까요?"

재석은 당황스러웠다.

"그, 글쎄요. 왕따 문제는 곁에서 도와주긴 좀 힘든 일이라서요."

"근데, 왜 요즘 애들은 의형제를 맺거나 왕따를 당하는 거죠?"

그거라면 재석도 해 줄 말이 있었다.

"일진 아이들과 인맥을 쌓으면 학급 위계질서에서 상위에 올라갈 수 있어요."

이런 건 아무래도 민성이 더 잘 설명할 수 있을 것 같아 구원의 눈빛을 보냈다.

"민성아, 네가 좀 설명해 드려."

"간단해요. 아무리 힘이 없고 약한 아이라 해도 5학년 형이 뒤를 봐준다고 하면 학급에서 아무도 못 건드리거든요. 또래 힘센 친구들이나 선배들로부터 보호받으니까 갑자기 기가 사는 거죠. 그때는 완전 기분 짱이에요. 어깨에 힘이 팍 들어가고, 5, 6학년도 알은척해 주고. 그래서 그런 제안이 들어오면 대부분의 아이들이 받아들이게 되죠. 그런데 그게 문제예요. 그 제안을 받아들이면 그 순간부터 그 무리에 발을 담그게 되는 거죠."

"우리 애는 싫다고 했대요. 싫다면 그냥 놔둬야지. 글쎄 어느 날은 맞고 들어온 거 있죠."

"아, 그랬군요."

"재석 학생, 우리 애 좀 도와줘요. 부탁할게. 내가 나서고 싶지만 우리 애 말로는 부모님이 나서면 일이 더 커지고 자기가 학교에서 더 힘들어진대요. 준석이가 처음엔 이런저런 말을 하기도 하더니 이젠 물어봐도 울기만 하고 자세한 이야기를 안 해서 답답하기만 해요."

"학교에다 말씀하시는 게 가장 좋을 것 같은데요."

"내가 기업을 경영하고 있잖아요. 부끄럽지만 사업과 가정 다 잘 돌보는 야무진 여성 사업가라는 이미지가 있어서……. 우리 아이 이야기가 드러나면 좀 곤란하거든요. 공교롭게도 날 취재해 간 기자 아들도 같은 학교에 다니고요. 그러니 학교에다 말하는 건 가장 나중 방법으로 생각하고 있어요. 재석 학생이 그 의형제를 강요했다는 학생을 만나서 좋은 말로 우선 설득 좀 해 줘요, 우리 아이 좀 가만히 놔두라고. 그래서 학교 가는 거 두려워하지 않게……. 부탁 좀 해요."

듣고 보니 입장이 곤란할 것 같기는 했다. 일단 재석은 민 대표의 아들을 만나보고 싶었다.

"준석이는 어디 있죠?"

"방에 있어요. 한번 만나 봐 주겠어요?"

재석과 민성은 화려한 무늬로 장식된 방문을 두들겼다. 병조도 다정한 목소리로 사촌 동생 이름을 불렀다.

"준석아, 형 왔어. 준석아, 들어가도 될까?"

다행히 문은 잠겨 있지 않았다. 문을 열고 방 안으로 들어가자 머리까지 담요를 뒤집어쓰고 침대에 앉아 창밖을 내다보고 있는 아이가 보였다. 담요가 주는 실루엣이 으스스한 게 공포 영화의 한 장면 같았다. 고개를 돌려 일행을 물끄러미 쳐다보는 아이 얼굴은 창백했다. 쌍꺼풀 없는 눈망울과 하얀 피부의 아이는 곧 "형~" 그러면서 병조에게 달려들 것만 같았다. 잠시 후 담요가 미끄러져 내려오면서 드러난 밝은 갈색으로 물들인 머리카락을 보는 순간 재석은 모든 상황이 파악되면서 나지막한 탄성이 흘러나왔다.

"으!"

"준석아, 재석이 형이라고 내 친구야. 내가 전에 얘기했었지? 우리 학교에 싸움 잘하는 친구가 있다고. 이 형이 불량서클에서 3백 대 맞고 나온 형이고, 그 옆에는 민성이 형. PD를 꿈꾸는 형이야. 둘 다 널 도와주려고 왔어. 그동안 무슨 일이 있었는지 이야기해 줄래?"

사슴 같은 눈망울의 준석이는 갑자기 눈물을 뚝뚝 흘리기 시작했다.

"어어! 울지 마! 울지 마!"

병조가 황급히 티슈를 뽑아 준석의 눈물을 닦아주었다.

"왜 그래?"

"무서워, 무서워! 형!"

"아, 재석이는 주먹 쓰는 형 아니야. 무서워하지 마. 일진 아니야. 내 친구라니까."

병조가 준석을 안고 한참을 진정시켜야 했다. 민 대표가 문을 열고 들어오려 하자 병조가 말렸다.

"숙모님은 밖에 계세요. 준석이 진정되면 우리끼리 얘기해볼게요."

"그래, 부탁할게."

"네, 걱정하지 마세요."

재석이 책상 의자에 앉고, 침대에는 민성이 걸터앉았다. 병조가 방바닥에 앉은 채 침대에 앉은 준석이를 바라보는 상황이 한참 동안이나 계속되었다. 잠시 뒤 마음이 풀렸는지 준석의 들썩이던 어깨가 진정되더니 병조에게 말하기 시작했다.

"재석이 형도 상납받았어?"

"뭐라고? 상납? 재석이는 그런 거 안 받았어."

"정말?"

"응. 재석이는 애들하고 싸우긴 했지만 약한 애들 괴롭히고 그러진 않았어. 형이 그런 의리 없는 사람하고 친구 할 거 같아? 재석이 형은 지금 글 쓰는 소설가가 되려 열심히 노력하고 있어. 여자 친구도 얼마나 예쁜데. 보담이 누나라고 너 나중에 보면 깜짝 놀랄 거야."

민성이 재빨리 끼어들었다.

"야, 나도 여친 있어. 향금이라고. 아주 예쁘지……는 않지만 뭐 맘은 예쁘지. 하하하."

그제야 준석이 경계를 풀고 재석을 바라보았다.

"안녕!"

재석이 입을 떼며 준석에게 말을 걸었다. 이런 어색한 자리에 불려 온 것이 약속하긴 했지만, 병조 사촌 동생이라니 이야기를 들어주고 해결 방법을 찾아 줘야 할 것 같았다.

"그래, 무슨 일이 있었는데? 말해 줄 수 있어?"

"우리 학교 5학년하고 6학년에 검은장갑이 있어."

"검은장갑이 뭐야?"

"우리 학교 일진을 검은장갑이라고 그래."

"이름도 특이하네. 그 애들이 널 괴롭힌 거야?"

"어느 날 5학년 형이 오더니 나보고 자기가 의형제를 해 주겠냐는 거야."

"그래서?"

"내가 싫다고 그랬어. 근데도 계속해서 의형제 해 줄 테니까 자기 말 잘 들으래. 싫대도 매일매일 우리 반 앞에 와서 의형제 하자고, 그래도 계속 안 하겠다고 하니까……."

"왕따가 시작됐지?"

"응…… 흑흑!"

준석이 다시 울기 시작했다. 5학년 아이들의 힘이 4학년 아이들에게까지 미치고 있는 게 분명했다. 분명히 4학년의 힘 있는 아이들에게 지시해서 의형제를 거부한 준석이를 왕따시켰을 것이다.

"그리고 어떻게 했어?

"책상 안에 쓰레기랑 우유 상한 거랑 막 넣어 놓고…… 가방을 칼로 쭉 찢어 놓고……. 엉엉엉!"

준석의 말을 듣고 있자니 재석과 민성의 등골이 오싹해졌다.

그 뒤로 집단적인 왕따가 시작되었다. 준석이네 반 아이 중 누구도 준석이와 대화를 나누지 않았고, 소리 없는 괴롭힘이 끊임없이 진행되었다.

"그래서 제발 하지 말라고 그랬더니 어느 날은 중학생 형이 찾아 왔어. 백의중에 다니는 그 중학생 형은 유명한 일진이라고 했는데 그 형이 나타나니까 우리 학교 검은장갑들이 전부 다 와서는 인사하고 선물 주고 그랬어."

"음."

"형, 학교 가는 게 무서워."

"언제부터 그랬어?"

"한 달쯤 됐어. 엉엉."

울고 있는 아이에게 더 이상 물어보기가 어려웠다.

"백의중에 다니는 일진이라는 아이를 내가 한번 만나 볼게. 언제 또 만나자고 연락 오면 우리한테 곧바로 알려줘. 너무 걱정하지 말고."

민성이 다정하게 말했다. 재석도 옆에서 고개를 끄덕였다. 병조는 중간에서 정리를 했다.

"준석아, 걱정하지 마. 이 형이 주먹도 세지만 아주 좋은 형이야. 가서 백의중 애들한테 잘 얘기할게. 걔들도 재석이 이름만 들어도 다 알걸."

이렇게 위로해 주자 준석이는 안심이 되었는지 이불을 덮고 누웠다.

"그래, 누워서 한숨 자."

재석은 준석이에게 자신의 전화번호를 알려주고 밖으로 나왔다. 그러자 민 대표가 기다렸다는 듯 물어보았다.

"그래, 준석이가 뭐라고 말을 좀 해요? 뭐라고 그래요?"

"준석이가 왕따 당하는 건 맞고요. 지금 선불리 나서는 건 좋지 않아요."

그러면서 병조가 재석을 바라보았다. 여러 가지 경험을 해 본 재석이 자기 생각을 말했다.

"의형제가 되면 처음에는 좋아 보이죠. 자기를 보호해 주니까 으쓱하거든요. 그런데 기념일이 다가오거나 그러면 그때부터 갈취가 시작돼요. 운동화가 사고 싶다든가 뭔가 필요하다고 그러면서 돈을 뜯어 가거나 물건을 사 달라고 하죠. 그러면서 문제가 점점 커지죠. 아이들은 돈이 없잖아요. 못 가져가면 때리고, 그러면 점점 더 학교 가기 싫어지게 되는 거죠. 제가 일진이라는 중학교 아이들을 한번 만나 볼게요. 그리고 좋은 말로 괴롭히지 말라고 해 볼게요."

"민성이하고 재석이 학생, 잘 좀 부탁해요. 늦게 얻은 자식이라 주변에 물어볼 사람도 없고, 이런 일을 당해 본 적도 없어서 어떻게 해야 할지 모르겠어요. 우리 애 아빠는 경찰에 신고하자고 그러는데 우리 아이는 경찰에 신고하면 자기는 죽는다고 그래서요. 혹시 가서 애들이랑 싸우는 건 아니죠?"

재석이 차분하게 말했다.

"아뇨. 싸우지 않을 거예요. 잘 말해 볼게요. 그렇지만 이런 상황이 일어났다는 걸 학교에는 알려야 해요. 그 전에 뭐가 문젠지 우선 알아볼게요."

"아이들이 왜 일진이 되려고 그러죠?"

"애들 눈에는 일진이 좋아 보이고 멋져 보이거든요. 잠바라든가 바지, 운동화 같은 걸 다 독점하고, 일진이 입는 것과 똑같은 옷은 못 입어요. 주변 애들이 멋있다고 칭송해 주고 선물 갖다 바치고……. 한마디로 일진은 힘을 가졌거든요. 이런 걸 선생님들은 잘 몰라요."

"그렇군요."

"준석이가 무슨 말을 하든 잘 들어주시고 야단치거나 추궁하지 마세요. 하고 싶은 말이 있으면 마음껏 할 수 있게 해 주시고요."

이런저런 이야기를 나누고 민 대표의 집을 나서며 재석은 한마디 덧붙였다.

"참, 머리는 언제부터 물들인 건가요?"

"외국 영화 보니까 애들이 금발 머리한 게 예쁘더라고요. 그래서 미장원 갈 때 개성 있게 바꾸면 어떻겠냐고 내가 권유해서 바꾼 거예요."

"일진 애들은요, 개성 있게 한다고 귀고리를 하거나 머리물들인 애들을 일차 타깃으로 삼아요. 그냥 평범한 아이들보다는 튀는 아이들을 대상으로 삼죠. 그러면 그 아이들은 또 더 튀고 싶어서 일진에 포섭되고요."

"어머, 몰랐어요. 당장 머리 색깔부터 바꿀게요."

민 대표는 얼굴이 하얗게 변했다.

"그럼, 안녕히 계세요."

인사를 하고 재석과 민성 그리고 병조는 밖으로 나왔다.

"미안하다. 갑자기 이런 부탁을 해서."

큰길로 나온 병조가 미안한 얼굴로 말했다.

"아니야. 내가 왕따 문제를 해결할 순 없지만, 그 아이들을 만나서 준석이 괴롭히지 말라고 말할 순 있을 것 같아. 그나저나 잘 해결되어야 할 텐데."

"그래. 그런데 그 검은장갑이라는 애들이 집도 잘살고 형편도 좋은 애들이래."

"요즘은 부잣집에 공부도 잘하고 운동도 잘하는 애들이 일진의 중심이라고 하더라고."

"진짜 문제다. 어린 것들이 벌써부터."

재석은 집에 돌아오면서 이 소재로 소설을 쓰면 좋겠다고 생각했다. 새로운 소재기도 하고 자신이 직접 경험한 일이니 잘 쓸 수 있을 것 같았다. 집에 오자마자 컴퓨터에 새 파일을 만들어 일진, 왕따 등의 키워드를 적어 넣었다.

2
상납의 현장

"여러분, 안녕하세요? 공부 도우미 문향금이에요. 오늘도 금안여고 얼짱이자 전교 1등인 김보담 양과 함께 우등생의 공부 비법 '서브 노트 쓰는 법'에 대해 들어보겠습니다. 안녕하세요? 보담 양."

"안녕하세요? 향금 양."

"네, 오늘은 공부에 어려움을 느끼는 우리 친구들을 위해 서브 노트 쓰는 법에 대해 알아보려고 해요. 서브 노트 쓰는 법, 말로는 많이 들었는데 서브 노트가 뭐죠?"

"네, 서브 노트에 대해 설명하기 전에 서브 노트가 왜 중요한지부터 먼저 얘기할게요. 서브 노트가 중요한 이유는 우리나라 공부가 암기 위주의 학습 방법을 강요하고 있어서랍니다. 서브 노트 만들 때 절대적인 원칙은 없어요. 다른 학생들 것을 참고하되 단, 자기가 모르는 내용 위주로 기록해야 학습 효과를 높일 수 있어요. 한마디로 서브 노트는 잘 아는 것과 모르는 것을 구분해 모르는 것을 노트에 필기해 둠으로써 부족한 것을 빨리 습득할 수 있게 하는 노트 필기법이랍니다. 이렇게 공부하면 단기간에 놀라운 성적 향상을 기대할 수 있거든요."

"아 그럼 서브 노트 쓰는 법에 대해 자세하게 설명해 줄 수 있나요?"

"물론이죠. 수업 시간에 선생님이 말씀하신 거나 요약한 것을 적은 걸 일반 노트라고 한다면 서브 노트는 선생님이 강의하신 내용을 기반으로 그와 관련된 모든 지식과 정보를 일목요연하게 정리한 거지요. 서브 노트를 사용하면 좋은 점이 참 많은데요, 첫 번째는 수업 시간에 배웠던 것을 자연스럽게 복습할 수 있게 되고요, 그다음에는 관련된 자료를 찾아봄으로써 포괄적인 학습이 이루어질 수 있다는 겁니다. 자기가 알고 있는 한도 내에서 연관된 내용을 모두 조사해 그 내용을 자세히 기록해 두기 때문이죠."

조용한 공부방에서 보담이가 페이스북 실시간 방송을 찍고 있었다. 카메라는 민성이 잡고 있었지만 옆에서 스탠드를 켜고 조명을 챙기는 건 오롯이 재석의 몫이었다. 이 방송은 시청자가 수백 명에 이르렀다. 생방송 도중 좋아요와 하트가 불꽃놀이처럼 끝없이 터지고 댓글도 우후죽순처럼 올라왔다.

민성이 종료를 누르고 저장을 한 뒤 오케이 사인을 보냈다. 이들이 만드는 실시간 방송이라는 건 고작 스마트폰에 고성능 마이크를 달고 찍어 SNS에 올리는 거였지만 꽤 인기가 높았다.

민성은 영상 장치로 DSLR 카메라를 동시에 쓰고 있었다. 그건 나중에 따로 유튜브에 동영상을 올리기 위해서였다. 이 모든 건 향금이 대학 갈 때 사용하기 위한 포트폴리오였다. 이러한 활동 내용을 많이 쌓아 놓으면 방송연예과나 실용예술학과 면접 볼 때 유리하다는 것이 그 이유였다. 그래서 보담이까지 도와주러 나선 것이다. 물론 보담은 처음엔 싫다고 했지만 향금이 집요하게 설득했다.

“야, 너만 공부 잘하고 너 혼자만 좋은 대학 가면 그게 친구니? 좋은 정보는 공유하는 게 옳다고 봐.”

“맞아, 요즘은 공유의 시대지, 공유의 시대.”

어쩔 수 없이 민성도 옆에서 향금이 편을 들어 주었다.

"그래. 자기가 알고 있는 정보를 주위에 나눠주고 공유할 때 인기도 얻고 추종자가 생기는 거라고."

"하지만 난 싫어. 카메라 앞에 서면 어색하고 창피하단 말이야. 인기고 뭐고 필요 없어."

"다른 아이들에게 학습법 멘토링을 해 주는 게 왜 싫어? 그렇게 너 혼자만 공부 잘하고 성적 잘 나와서 나중에 법대 가서 판검사 되면 참으로 좋겠다!"

"아, 알았어. 할게, 한다고."

이러한 집요한 설득에 보담도 할 수 없이 두 손 두 발 다 들었다. 이번에 공부법을 정리하는 것도 나쁘지 않겠다는 생각으로 실시간 방송과 동영상을 주말마다 벌써 몇 회째 찍고 있었다.

동영상이 올라가면서 댓글과 반응이 뜨거웠다. 보담이나 향금이는 팬들도 생겨서 페이스북 친구들이 수백 명으로 늘어난 추세였다. 인근 초중고 학생들에게서도 열화와 같은 반응이 있었다.

촬영 때문에 묵음으로 해 놨던 핸드폰을 켠 재석이 깜짝 놀랐다. 준석에게 문자가 와 있었던 거다.

준석이

'야 17일 날 3시에
런던바게트 빵집 앞으로 와
준비해 놓으란 거 준비했지?
10만 원
오늘이 형님 생일이야 크크
선물 줘야지'

형 이런 문자가 왔어
어떻게 하면 좋아? 오후 1 : 59

준석이 보낸 문자였다. 재석은 긴장했다.

"민성아, 준석이한테서 톡이 왔어."

재석의 문자를 보고 민성의 얼굴이 굳어졌다.

"3시? 지금 2신데……."

"지금 바로 가 봐야겠다."

"그래. 같이 가자."

두 아이가 긴장하는 것을 본 향금이와 보담이 물었다.

"무슨 일인데?"

"어, 저번에 얘기했지! 왕따 당한다는 아이 도와줄 일이 좀 있댔잖아."

"응, 병조 친척인가 하는 애?"

"그 아이한테 오늘 일진 놈들이 상납하라고 돈 가지고 나오라 그랬대."

보담이 걱정스러운 얼굴로 말했다.

"가서 또 싸우고 때리는 거 아냐?"

"초딩 애들 일인데 뭘 싸워!"

민성이 별거 아니라는 듯 나섰다.

"좋게 말로 타이를 거야. 애들도 웬만하면 재석이 이름 다 알잖아. 녀석들 까불다가 재석이 나타나면 더 이상 안 괴롭힐 거라고. 이런 건 껌이라고, 껌."

민성이 말을 듣고도 걱정되는지 보담이 고개를 저었다.

"안 돼. 나도 같이 가야겠어. 불안해서 안 되겠어."

향금이도 나섰다.

"맞아, 이런 현장을 봐 둬야지만 나중에 리포터 할 때 도움이 된다고."

민성이 난감해했다.

"빨리 앞장서. 그러잖아도 준석이라는 아이 이야기 듣고 나도 궁금했어."

보담은 이럴 때 보면 매우 단호했다. 항상 정의로운 마음을 가지고 사회적 약자들에 동질감을 느끼고 있는 보담이었기에 늘 거리낌이 없었다. 할 수 없이 모두 함께 택시를 잡아 탔다.

준석이를 만나기로 한 런던바게트는 향금의 집에서 멀지 않은 곳에 있었다. 일행은 녀석들이 만나기로 한 시간보다 30분 먼저 도착했다. 오는 길에 재석은 준석이에게 문자를 보냈다.

준석아,
형이 먼저 가서 빵집 안에
있을 테니 겁먹지 말고 와
어떤 녀석들인지
얼굴 한번 보자
보고 나서 형이 야단 쳐줄게 ^^ 오후 2 : 18

준석이
형 꼭 와 줘야 해 꼭 ㅠㅠ 오후 2 : 19

그래 엄마 아빠한테 말하지 말고 나와
걱정하시니까
오늘 다 잘 해결될 거야 ^^ 오후 2 : 20

재석은 녀석들을 만나 뭐라고 얘기해야 할지 곰곰이 생각해 보았다. 일단 《손자병법》에 나온 것처럼 하면 된다. 손자는 전쟁을 하기 전에 우선 철저하고 꼼꼼하게 계산하라고 했다. 그래야 이긴다는 거다. 재석은 이럴 때 통상적으로 일진 아이들 두세 명이 함께 나온다는 걸 알고 있었다. 아무리 초등 고학년에 사춘기가 시작된다지만 고등학생에게 함부로 덤빌 수는 없을 것이다. 싸움 없이 이기는 것이 최상이다. 좋게 타이르되 확실하게 겁을 줘서 다시는 준석이를 괴롭히지 못하게 만들어야 한다.

네 명의 아이들은 빵집에 들어가 음료를 마시면서 이야기를 나눴다.

"왕따, 정말 문제야. 여자애들은 왕따도 얼마나 치사하게 하는 줄 아니?"

"여자들 사이에서도 왕따가 있어?"

재석이 짐짓 모르는 척 물었다.

"어머머, 얘 좀 봐. 너 예전에 여자 날라리들하고도 많이 친했잖아."

향금이는 펄쩍 뛰었다.

"초등학교 때부터 여자애들이 맘에 안 드는 애한테 못되게 굴고 막 왕따시키거든. 그래서 선생님께 말씀드리려고 하면 어떻게 하는 줄 알아? 고자질쟁이라고 더 왕따시켜."

"정말?"

"응. 그래서 더 꼼짝 못 하고 당하기만 하는 거야."

보담이 그 이야기를 듣고는 잠시 생각에 잠기더니 이렇게 물었다.

"고자질과 어른들에게 알리는 것이 뭐가 다를까?"

"고자질은 나쁜 거지."

민성이 단순한 질문이라는 듯 대답했다. 보담이 고개를 저으며 말했다.

"음, 내가 볼 때 고자질은 유익하지 않은 이야기를 전달하는 것 같아."

민성이 재빨리 스마트폰으로 검색해 보더니 말했다.

"고자질에 관련된 설이 많아. 환관 고자가 왕에게 몰래 이런저런 일을 보고해서 그게 나중에 고자질이 되었다는 말도 있네. 또 다른 설은 창고지기가 고자였는데 수시로 창고 재고를 관리자에게 보고해서 생긴 말이기도 하대. 크하하, 이건 정말 웃긴걸!"

"여하튼, 고자질과 학교 폭력을 알리는 것과는 다르다고 생각해."

보담이 고개를 갸웃거리며 말했다.

"어떻게 다른데?"

계속되는 보담의 질문에 재석이 말했다.

"그것은 나쁜 상황을 어른들에게 알려서 문제를, 음 그래, 진지하게 검토할 수 있게 하는 거라고 생각해! 어때?"

"와, 말 된다. 재석이 너 제법인데?"

민성이가 손뼉을 쳤다. 재석은 가만히 생각해 보았다. 어른들에게 알리고 도움을 청해서 이 세상의 모든 문제가 해결될 수 있다면 정말 걱정할 게 아무것도 없을 것 같았다. 하지만 학교에서 생기는 이러저러한 문제들을 어른들이 알게 되면 오히려 문제가 확대되고 자칫하면 엉뚱한 방향으로 흘러가는 일도 있긴 했다.

"그런데 어른들은 고자질하고 문제를 의논하는 걸 구분 못 하는 거 같아."

민성의 말에 보담이 고개를 끄덕였다.

"그래. 아무튼 이런 상황을 어른들에게 알리고 도움을 받을 수 있도록 조처를 취하는 건 나쁜 일이 아니라고 봐."

"이 차이를 옛날에 알았더라면 고자질했다고 떠들던 애들한테 막 쏘아붙이는 건데."

향금이가 이렇게 안타까워하고 있을 때였다. 무심코 창밖을 내다보던 재석은 빵집 앞 전봇대 부근에서 중학생 세 명이 침을 찍찍 뱉으며 얼씬대는 걸 보았다. 제법 덩치가 큰 교복 입은 녀석이 한 명, 꼬맹이가 두 명이었다.

"야, 쟤네 같다."

향금이가 눈치채고 말했다.

"어디?"

밖을 내다본 민성이 말했다.

"에이, 초등학생이 아니잖아."

"그런가?"

고개를 돌리려던 민성이 다시 눈을 크게 뜨며 말했다.

"맞을지도 몰라. 저 녀석들 백의중 학생들이야. 백의중 놈들은 백의민족의 얼을 따른다고 저렇게 교복 주머니를 하얗게 만들어서 다닌다고 하더라고. 아예 옷을 하얗게 만들지. 근데 준석이는 아까 초등학교 5학년짜리들이 돈 가져오랬다고 했는데……."

"기다려 보자고."

재석이 아이들을 제지하고 곰곰이 생각했다. 상황이 좀 바뀐 듯했다. 아무래도 준석이가 쉽게 말을 들을 것 같지 않으니까 중학교 아이들까지 동원된 듯했다. 확실하게 겁을 주고 동시에 자신들이 보호해 주겠다고 하기 위해서인 것 같았다.

중학생 세 명은 빵집 안에서 누군가가 자신들을 지켜보고 있으리라고는 꿈에도 생각지도 못한 채 길바닥에 침을 함부로 뱉으며 껄렁껄렁한 몸짓으로 이야기를 나누고 있었다. 휴대폰에서 눈을 떼지 않으며 건들거리는 품이 일진에 들어가 아이들한테 겁을 주고 꽤나 건방 떠는 놈들인 듯했다.

잠시 후 녀석들이 다른 쪽 방향을 바라보았다.

"야, 왔다 왔어, 준석이."

준석이가 저만치서 봄 점퍼를 입은 채 도살장에 끌려 들어가는 송아지처럼 힘없이 걸어오는 게 보였다. 준석이가 오자 녀석들이 슬그머니 다가가 좌우로 어깨를 걸치더니 으슥한 곳으로 끌고 갔다.

"가 보자."

재석이 벌떡 일어섰다.

"너희들은 여기 있어."

"왜? 우리가 여자라서?"

향금이가 발끈했다.

"여기까지 와서 우리보고 가만있으라는 거야? 그렇게는 못 해."

보담이도 허리를 짚고 일어섰다.

"아니, 그런 뜻이 아니라. 위험하니까 너희들은 여기서 기다리고 있으라고."

"안 돼! 저런 녀석들은 혼내 줘야 해. 어린 녀석들이!"

보담이 눈빛을 보니 따라나서겠다는 의지에 불타고 있어서 재석은 할 수 없이 고개를 끄덕여야 했다.

"그럼 멀찍이 있어."

재석과 민성이 앞장섰다. 세 녀석은 런던바게트 뒤 아파트 단지 구석 축대 밑에서 준석이를 괴롭히고 있었다.

“야, 가져왔어?”

준석이는 덜덜 떨며 아이들을 올려다봤다.

“형, 이러지 마세요. 제가 십만 원이 어디 있어요!”

“야, 가져오라고 그랬잖아. 석환이 형 선물 사야 된다고. 우리 백의중하고 저기 군내중, 그리고 고촌중도 다 돈 걷고 있어. 몇 주 있으면 석환이 형 생일이야.”

“형, 죄송해요. 정말 돈 없어요.”

“아, 이게 좋은 말로 하려고 했는데 안 듣네. 짜식이!”

세 명 중 한 명이 준석이에게 겁을 주려고 손을 불쑥 올렸을 때였다. 재석이 뒤에서 단전에 힘을 주고 낮은 목소리로 으름장을 놨다.

“이놈들 뭐 하는 짓이냐?”

깜짝 놀란 중학생 세 명이 뒤를 돌아다보았다. 웬 고등학생 두 명과 여학생들이 서 있는 것을 보고 별거 아니란 듯 다가와 말했다.

“넌 뭔데?”

“아 시바. 개빡치게 만드네.”

두 녀석이 번갈아 가며 욕하는 걸 보며 재석이 말했다.

“이 중딩 자식들이 어디서 까불어!”

"얼른 안 꺼져?"

민성이 끼어들며 손을 번쩍 들었다.

"고딩? 아 열라 웃기시네."

"무슨 이런 병맛들이 다 있어!"

하지만 아이들은 전혀 기가 죽지 않았다. 세상 무서울 게 없다는 표정, 그건 아직 세상을 모른다는 뜻이기도 했다.

"아 참, 어이가 없네."

민성이 헛웃음을 웃자 덩치가 큰 중학생이 민성을 내려다보며 말했다.

"야 고딩들, 영화 대사 흉내 내지 말고 가라."

그 말을 들은 민성이 흥분해 말했다.

"어쭈, 어린 것들이 죽으려고."

하지만 중학생들은 전혀 수그러들 기미가 없었다.

"야, 고삐리들이나 빨리 가던 길 가라고. 우리가 누군지 알면 너희 혼난다."

재석이 할 말을 중학생들이 하고 있었다. 재석은 얼굴에 웃음기를 싹 빼고 점잖은 목소리로 말했다.

"너희들 쪽팔리게 초등학생 불러다 삥 뜯는 거냐?"

"삥 뜯는 거 아니거든? 의형제 맺으려는 거거든. 얘 내 동생이거든. 참견하지 말라고 열라 짜증 나니까."

"뭐? 열라 짜증? 이 자식이 겁대가리 없이."

민성이가 흥분하자 예전에 쓰던 험악한 말투가 나왔다. 민성은 꼬맹이 하나가 핸드폰을 만지작거리는 걸 보고는 소리쳤다.

"야, 너 핸드폰 내려놔. 콱 밟아버리기 전에."

"싫다면 어쩔 건데?"

중학생들은 기가 더 펄펄 살아 덤볐다. 무서운 게 없어 보이는 눈빛이었다. 그러자 민성이 말했다.

"너희들 이 형이 누군지 알아? 이름은 들어봤냐? 황재석? 이 형이 바로 그 재석이야. 너희들 나대지 말라고. 나이트클럽에서 일하는 깡패들도 주먹 한 방으로 꺾고 이 동네를 평정한 황재석 몰라?"

"……."

녀석들은 재석이 이름을 듣더니 갑자기 찔끔하는 표정이었다. 그만큼 재석이 이름이 신화처럼 떠돌고 있었다. 하지만 덩치 큰 중학생은 얼른 표정을 바꾸더니 더 험악한 얼굴로 말했다.

"재석이고 삼석이고 그냥 가라. 우리 일에 참견하다 괜히 맞지 말고."

녀석들이 더 세게 나오는 것이었다. 아무래도 믿는 구석이 있는 듯했다.

"하, 녀석들."

재석이 웃으면서 다가갔다.

"얘들아, 이거 나쁜 짓이잖아? 하지 마. 의형제 맺기 싫다는 애한테 무슨 의형제냐? 상대가 원하지 않는 서비스는 서비스가 아니야. 그냥 조용히 가라. 그리고 다시는 얘 괴롭히지 마. 준석이 얘, 내 친구 동생이야."

"어쭈, 그러세요? 근데 친구 동생이면 뭐 어쩌라고."

덩치 큰 녀석은 계속해서 버텼다.

"준석아, 가자."

재석은 더 말해 봐야 소용없을 것 같았다. 준석이의 어깨를 두드리며 아이들에게서 준석이를 떼어 내며 돌아설 때였다.

"아, 씨바 새끼!"

가장 덩치 큰 녀석이 침을 뱉으며 욕설을 날렸다. 욕설을 날렸다는 건 돌아보는 순간 선빵을 치겠다는 의미였다. 하지만 재석은 이미 그걸 알고 있었다. 재석은 돌아서지 않고 그대로 뒷발을 날려 번개같이 녀석의 복부를 내질렀다. 재석의 특기인 앞으로 가는 척 하다 뒷발 치기가 오랜만에 터져 나온 것이다.

"헉!"

명치를 정통으로 맞아 숨이 막히는 듯한 소리와 함께 가장 덩치 큰 녀석이 쌓아 놓은 재활용품 더미에 파묻히며 나뒹굴었다.

"이 씨바 새끼!"

조무래기 두 놈이 동시에 덤비는 것을 재석이 피하며 양팔에 하나씩 잡아 이제 막 일어서려고 버둥대는 덩치 큰 녀석 위로 던져 버렸다.

"윽!"

"아야!"

자기들끼리 엉켜 나뒹구는 중학생들을 내려다보며 재석이 말했다.

"한 번만 더 준석이 괴롭히면 그땐 학교에 얘기한다. 오늘 너희들 얼굴 다 봤어. 쓸데없이 이딴 짓 하지 말고 가서 공부를 하거나 책을 읽어. 나도 너희처럼 침 좀 뱉어 봤는데 그거 다 쓸데없는 짓이야."

손을 털고는 재석이 돌아섰다. 예상치 못한 전광석화와 같은 공격을 받은 녀석들은 꿈인지 생신지 모르겠다는 듯 어리둥절한 표정이었다.

가장 놀란 건 준석이었다. 울먹울먹하다가 눈앞에서 번개 같은 활극이 벌어지자 어안이 벙벙해졌다. 눈으로 보고서도 믿어지지 않는다는 눈치였다.

"형, 형이 저렇게 한 거야?"

"그래. 가자."

재석이 준석의 머리를 쓰다듬어 주었다. 그러고 보니 녀석의 염색 머리는 원래대로 돌아와 있었다. 얼굴도 훨씬 수더분하고 평범해 보였다. 놀라서 가슴이 벌렁거리는 아이를 데리고 다시 빵집으로 들어갔다. 생수 하나를 사서 먹이고는 보담이가 다정한 목소리로 말했다.

"많이 놀랐지? 그동안 많이 힘들었겠구나."

보담의 따뜻한 말에 준석은 안정을 찾는 듯했다. 그러나 향금은 이 상황이 너무 화가 나는지 마구 흥분해서 말했다.

"아우, 저 자식들. 한 주먹도 안 되는 것들이. 앞으로 저런 못된 애들이 다가와서 괴롭히면 꼭 재석이 형한테 얘기해."

그러고는 엉뚱한 소리를 하기 시작했다.

"근데 너희 엄마가 미미 청소기 회사 사장님이라며? 너희 회사 혹시 광고모델 이런 거 안 필요하다니? 나 너희 회사 모델 하면 좋을 텐데."

"야야야! 너 또 무슨 주책이야?"

민성이 말렸다.

"왜? 그냥 한번 해 본 말이야. 그리고 나도 모델 해 보고 싶단 말이야."

"아이고 언제는 리포터 한다더니."

"다 할 거다, 뭐."

"그러 저나 오늘 동영상 아주 멋있었어. '재석이의 하루' 이런 제목으로 나중에 유튜브에 올려야 되겠다."

민성이 핸드폰으로 찍은 동영상을 보며 매우 만족스럽다는 듯 말했다.

"야, 중딩들 손봐준 게 뭐 자랑이라고 그런 걸 올리냐? 그리고 동영상은 또 언제 찍은 거야?"

동영상에는 재석이가 뒷발 치기 하는 장면이 제대로 찍혀 있었다.

"이번에 내가 카메라 새로 구입했잖아. 이름하여 스파이 카메라."

하지만 민성이 보여 준 건 그냥 볼펜이었다.

"이게 카메라라고?"

"아까부터 주머니에 꽂고 있었어. 이걸로도 녹화했지. 핸드폰으로 바로 연결도 가능해. 키득키득. 야, 재석이 실력 녹슬지 않았어. 북한의 김정은도 무서워한다는 중2들을 그냥 한 방에 툭툭툭! 야, 멋있어 멋있어! 나 같으면 한 세 방은 필요했을 텐네."

향금이 말했다.

"야야, 넌 맞지나 않으면 다행이지. 옛날에 중딩들한테 뒈지게 맞아 놓고……."

"야, 내가 언제 중딩한테 맞았냐? 그때는 허리띠가 풀어져서 바지 잡다가 살짝 스친 거지."

"아이고, 웃기시네."

"자자, 준석이나 집에 데려다주자."

보담과 향금이 준석이를 앞세우고 가서는 마을버스를 태워주었다.

"준석아, 잘 가."

"고맙습니다."

훨씬 얼굴이 밝아진 준석이를 보내고 재석과 민성, 그리고 보담과 향금도 버스에 올라 집으로 향했다. 하지만 아이들은 아까 맞은 중학생 한 명이 숨어서 이들을 지켜보다가 어딘가로 전화를 건 사실은 알지 못했다.

재석은 이번 일로 왕따 문제가 아무 일 없이 잘 해결되었으면 하는 마음이었다. 원래 힘과 권력에 약한 일진 애들은 강한 상대를 만나면 꺾이게 되어 있다. 일진 아이들이 준석이를 더 괴롭히지 않으면 이 문제는 가볍게 넘어갈 수 있을 거라 생각했다.

그때 차창 밖으로 헬멧도 쓰지 않은 고교생들이 탄 오토바이 서너 대가 버스 옆으로 다가오는 것이 보였다. 그 가운데 한 대는 청소년이 타기엔 과하다 싶은 빨간색 야마하 오토바이였다. 오토바이를 보니 누군가가 했다는 말이 떠올랐다. 공장에서 오토바이가 한 대씩 출고될 때마다 '관 하나요, 관 둘이요' 한다는 것이다. 그만큼 오토바이가 위험하다는 의미였다.

"무슨 생각해?"

의자에 앉은 보담이 서 있는 재석을 올려다보며 물었다.

"응, 아무것도 아냐. 인간은 왜 서로를 따돌리고 괴롭힐까 생각했어. 결국, 인간도 어쩔 수 없는 동물인 건가!"

"그럴지도 모르지. 자기보다 약한 존재를 깔보고 못살게 굴면서 자기 존재를 확인하는 거 아닐까?"

"하긴 나도 철없을 때 그렇게 힘을 과시하곤 했으니까. 지나고 나니 부끄럽고 후회되지만 말이야."

"그런 시기를 거치면서 조금씩 성장하는 거지 뭐."

보담이 부드러운 손으로 의자 등받이 손잡이를 붙잡고 있는 재석의 손등을 토닥였다.

아이들이 탄 버스는 감천대학교 앞에 멈춰 섰다. 그때 고등학생 몇 명이 차에 오르는 것이 보였다. 그들은 재석 일행이 앉아 있는 쪽으로 무심히 다가오는 듯하더니 일행을 빙 둘러쌌다. 동영상을 보고 있던 민성은 느낌이 이상해 고개를 들었다.

"네가 황재석이냐?"

말할 때마다 담배 냄새가 나는 근육질 녀석이 물었다. 재석이 살기 띤 눈빛으로 마주 보았다.

"넌 누구냐?"

"나 백의고등학교 최원정이다."

"난 너 모르는데 왜 야리냐?"

"네가 우리 애들 건드렸다며?"

재석은 그제야 눈치챘다. 이 녀석들은 아까 오토바이로 버스를 따라와 추월해 간 그 아이들이었다. 살기 어린 표정으로 노려보는데 모두 여섯 명. 숫자가 너무 많았다.

"여기서 뜰래, 아니면 내릴래?"

재석은 아차 싶었다. 그 녀석들이 이렇게 신속한 연락망을 갖고 있을 줄은 생각지도 못했다. 빨리 현장을 벗어났어야 했는데 빵집에 너무 오래 앉아 있었다.

"야, 다음 정거장에서 조용히 내리자."

재석의 말에 녀석들은 더 이상 대거리하지 않았다. 맹수들의 소리 없는 기 싸움처럼 둘은 눈빛을 교환하며 버스가 다음 정류장에 설 때까지 조용히 기다렸다.

"……."

보담과 향금은 얼어붙었다. 그러나 그사이에도 재석은 이런저런 생각을 해야 했다. 일단 향금이와 보담이를 집으로 보내야 했다. 그리고 민성과 함께 이 위기를 극복해야 했다. 한참 머리를 굴리는 민성에게 손가락 세 개를 펴 보였다. 민성은 그걸 보고 보일 듯 말 듯 고개를 끄덕였다. 그것은 그들만의 약속이었다. 슬슬 눈치 봐서 도망치자는.

이윽고 버스가 갈천 시장 앞에 멈췄다. 뒷문이 열리자 재석과 민성이 일어섰다. 버스에서 내리자마자 튀려고 마음속으로 단단히 준비하고는 핸드폰도 주머니 깊숙이 찔러 넣었다. 그때 보담과 향금이 눈치채고는 갑자기 소리를 질렀다.

"얘들아! 어디 가?"

"여기 도와주세요!"

그러자 여드름투성이인 원정이란 녀석이 노려보며 으르렁거렸다.

"조용히 해! 이년아. 죽고 싶지 않으면."

그 순간 재석의 눈에서 불이 활활 타오르는 것 같았다.

"뭐? 이 자식이!"

보담이에게 욕을 하면 조금도 견디지 못하는 재석이 녀석의 멱살을 잡으려 할 때였다.

"내려. 여자애들은 가라."

원정이 냉소적으로 말하자, 재석도 멱살 잡으려던 걸 풀며 말했다.

"보담아, 향금아, 너희들 먼저 가."

그러자 보담은 벌떡 일어나더니 따라 내리려고 했다.

"안 돼! 어떻게 그냥 가? 우리도 같이 갈 거야!"

"아, 빨리 타고 가."

"싫다고."

버스 여기저기서 승객들의 고함이 들렸다.

"아니, 어린 놈들이 공부는 안 하고!"

"야, 너희 내릴 거면 빨리 내려. 남에게 피해 주지 말고."

그때 버스 기사가 말했다.

"거기, 학생들! 내릴 거예요, 말 거예요?"

"내려요, 내려."

재석과 민성은 따라 내리려는 보담과 향금을 버스 안으로 밀치고는 버스에서 얼른 내렸다.

"야! 안 돼!"

"왜 이래, 우리도 내릴 거야!"

"아저씨, 빨리 가세요!"

보담과 향금을 가까스로 태운 버스가 떠나자 재석은 그나마 안심이 되었다. 그러나 버스는 십여 미터 앞에서 정지했고, 다시 문이 열렸다. 그러고는 보담과 향금이 고꾸라질 듯 버스에서 내렸다. 재석은 눈을 질끈 감았다. 버스에서 내리자마자 냅다 뛰려던 계획은 다 틀어지고 말았다. 이제 무슨 작전을 써야 할지 알 수 없었다. 사내 녀석들의 허세에 기대어 볼 수밖에 없었다.

"에이씨! 야, 너희들 남자답게 한판 뜰 때 뜨더라도 치사하게 여자애들은 건드리지 마라."

원정이 빙글거리며 말했다.

"원래 깔따구한테는 취미 없다."

"향금아, 보담아, 너희들은 멀리 떨어져서 와. 그리고 무슨 일 있으면 제발 좀 그냥 집으로 가."

"싫어! 너희들 대체 어느 학교 애들이야? 지금 당장 안 가면 바로 경찰 부를 거야!"

"이 씨발년이."

경찰이라는 말에 원정이 째려보자 갑자기 다른 패거리 녀석들이 보담과 향금을 향해 다가갔다. 원정의 눈빛 하나만으로도 녀석들이 움직이는 것 같았다.

"꺅!"

향금이 겁에 질려 소리 지를 때였다. 보담의 어깨를 밀치려던 녀석에게 이단옆차기를 날린 건 재석이었다.

"이 자식들이, 건드리지 말랬지!"

이단옆차기를 날리는 것과 동시에 옆에 있는 녀석들의 관자놀이를 주먹으로 짓이겼다. 하지만 녀석들도 싸움을 해 본 경험이 많은지 한 녀석이 재석의 허리를 잡고 또 한 녀석이 다리를 붙잡더니 번쩍 들어 땅바닥에 패대기를 치는 거였다. 민성이 역시 녀석들에게 당하고 있었다. 수적으로 열세인 데다 보담과 향금까지 있어 재석과 민성의 행동이 자유롭지 않았다.

"도와주세요! 어떡해!"

보담과 향금의 비명을 배경 삼아 토요일 오후 백주대로에서 2대 6 싸움이 벌어지고 있었다. 주먹을 날리고 물어뜯고 닥치는 대로 치고받았지만 숫자상 절대적으로 열세였다. 재석이 네 명을 상대하고 두 명은 민성이 맡은 꼴이었다. 재석은 두 팔과 두 다리 그리고 머리를 자유자재로 쓰면서 녀석들에게서 빠져나왔다. 가장 걸맞는 상대는 원정이었다. 몇 차례 주먹이 날아와 스쳤는데 나름 파괴력이 있었다.

"이 자식이!"

재석은 다리를 들어 원정의 튼실한 허벅지에 로우킥을 날렸다.

"윽!"

주먹질이 현란한 놈들은 늘 이게 문제였다. 하체부실. 한쪽 무릎을 꿇은 원정에게 오른쪽 훅을 날리려는 순간 오른쪽 머리에 강한 충격이 느껴졌다. 다른 녀석이 근처 식당에서 내놓은 쓰레기통을 들어 재석의 머리를 친 거였다.

머리가 찢어진 걸 느낀 것과 동시에 뜨끈한 게 흐르며 재석이 멈칫하자 사방에서 주먹과 발길질이 들어왔다. 이렇게 몰빵을 맞을 땐 최대한 몸을 웅크려 표면적을 줄여야 한다는 걸 재석은 잘 알고 있었다. 몸을 굼벵이처럼 말아서 땅바닥에 굴렀다. 민성과 함께 재석이 사방에서 두들겨 맞고 있는 동안 보담과 향금은 소리를 지르며 울부짖었다.

"어떡해! 어떡해!"

일방적으로 두들겨 맞은 재석과 민성이 땅바닥에 엎어져 버르적대고 있을 때 멀리서 경찰차의 사이렌 소리가 들렸다. 그러자 녀석들이 동작을 멈추고는 한마디 했다.

"어디 남의 동네 와서 까불어. 한 번만 더 얼굴 디밀면 아주 죽을 줄 알아. 헉헉!"

때리느라 지친 원정이 거친 숨을 내쉬며 경고를 한 뒤 물러섰다. 잠시 후 어디서 나타났는지 오토바이들이 번개같이 달려와서는 그들을 태우고 가 버렸다. 오토바이 부대가 굉음을 내고 사라진 뒤에야 재석이 일행은 정신을 차렸다.

"재석아, 괜찮아? 민성아, 괜찮아?"

다행히 재석이는 크게 다친 곳은 없는 것 같았다. 머리에서 피가 약간 내비칠 뿐.

"민성아, 빨리 가자. 경찰 오기 전에."

"알았어."

민성이도 코피가 흐르고 눈이 부어 있었다. 재석과 민성은 울먹이는 여자아이들을 데리고 무작정 뒷골목으로 들어갔다.

한참 뒤에 도착한 경찰관들은 주변 상가 사람들로부터 패싸움이 있었는데 애들이 갑자기 바람처럼 사라졌다는 이야기만 들을 수 있었다.

재석과 민성은 향금이 집에 가서 상처를 소독했다. 다행히 피가 멈춰 소독약을 바르고 멍들고 부은 곳엔 대충 반창고를 붙였다. 머리가 찍혀 까진 곳은 병원까지 갈 필요는 없어 보였다.

잠시 뒤 병조가 연락을 받고 향금이네 집으로 허겁지겁 달려왔다.

"재석아, 괜찮아?"

"응, 괜찮아. 방심하다 몇 대 맞았어."

"어떡하냐? 미안해서."

"원정이란 녀석은 누구냐?"

"오는 길에 준석이한테 원정이라는 애에 관해서 물어봤더니 검은장갑 패거리 짱인 석환이라는 녀석 밑에 있는 두 번째 짱이래. 그 동네에서 싸움으로는 거의 최고래. 근처 학교 대여섯 짱들 중에서도 최고라 아무도 못 건드린다나 봐."

"그래? 그 자식 주먹이 세긴 세더라."

"어떡하냐, 재석아. 애들 싸움이 어른 싸움 된다고 일이 커진 것 같아."

"……."

"설마 복수할 거냐?"

"아냐, 복수는 무슨. 내가 대신 맞아줬으니까 더 이상 준석이는 건드리지 않겠지. 폭력에 폭력으로 맞서면 싸움만 더 커져. 그냥 내가 맞고 말지."

"정말 괜찮겠어?"

"괜찮아. 서클 탈퇴할 땐 삼백 대도 맞았는데. 민성이 너도 괜찮지?"

민성이도 고개를 끄덕였다.

"그래 이 정도는 맞아 줘야지. 그 대신 내가 아까 그 녀석들 찍어 뒀잖냐. 나는 동영상 찍는 게 남는 거야. 녀석들 두고 보라 그래. 나중에 증거가 필요하면 녀석들 이걸로 다 죽었어."

민성이 주머니에 꽂아 두었던 볼펜 카메라를 빼 핸드폰에 연결하더니 아이들에게 보여 주었다. 얼핏 봐도 치고받는 장면과 욕설, 싸움하는 소리로 가득했다.

아직도 울상인 보담은 재석이 얼굴에 난 상처를 쓰다듬으며 말했다.

"재석아, 난 네가 앞으로 이런 일에 엮이지 않았으면 좋겠어. 심장이 멎는 줄 알았어."

"그러니까 너희들 먼저 가랬잖아."

"너희들이 눈앞에서 끌려가는데 우리가 어떻게 그냥 가니?"

재석과 민성은 그 뒤로도 한참 동안 여자애들 잔소리를 들어야 했다.

3
억울한 학폭위

종례시간은 늘 산만하고 소란스럽다. 집에 가는 아이들이 많지 않고, 곧바로 야자가 시작되기 때문이다. 재석도 매점에 다녀온 뒤 커피 한잔을 마시고 있었다. 캔에 들어 있는 커피는 속이 쓰리지만, 마시고 나면 야자 시간에 졸지 않고 버틸 수 있어 가끔 애용했다. 재석은 커피 한 모금을 넘긴 뒤 노트를 꺼냈다.

재석은 하루에 한 편씩 글을 쓰기 위해 학급 아이들에게 글감을 받은 적이 있다. A4용지를 4분의 1로 잘라 아이들에게 나눠주면서 글로 쓰면 좋을 만한 소재를 하나씩 적어 달라고 했다. 개인의 경험이나 관심사만 가지고 글을 쓰다 보니 실력이 영 늘지 않는 것 같았기 때문이었다. 전혀 생각지도 못한 소재와 주제를 가지고도 막힘 없이 글을 써내야 진정한 프로 작가라는 생각이 들었다.

물론 아이들이 써 준 소재들은 대부분 진부했다. 첫사랑, 눈, 가을, 학원…… 이런 식이었지만 신선한 것들도 간혹 있었다. '핸드폰이 떨어져서 개아작났을 때', '여친이 딴 놈과 교회 가서 내가 빡치던 순간' 이런 설정은 엉뚱하면서도 소설적 상상력을 무한 자극하는 글감들이었다.

야자 시간은 무작위로 꺼내든 생각을 전개해 나가는 훈련을 하기에 가장 좋은 시간이었다. 김태호 선생이 젊었을 때 작가가 되기 위해 이런 훈련을 열심히 했다는 말을 듣고 따라 해 보는 중이었다. 과연 생각지도 않았던 소재로 글을 쓰다 보니 머리를 쥐어짜야 했다. 하지만 알고 있는 지식과 생각을 총동원해야 했기에 나름 효과가 있었다. 물론 몇 줄 못 쓰고 글을 중단하는 자신이 원망스러울 때도 많았다. 그럼에도 불구하고 두툼한 대학노트는 어느덧 재석이 매일 꾸준히 쓰는 글들로 채워지고 있었다. 대표적인 글감은 '알파고와 나', '심리학', '4차 산업혁명' 이런 것들이었다.

'억울함'

이번 글제는 억울함이었다. 재석의 생각이 과거를 떠돌기 시작했다. 어린 시절 엄마와 함께 살지 못하고 시골 할머니 댁에 맡겨졌던 것도 억울했고, 오해를 받아 아이들 사이에서 기피 인물이 됐던 것도 억울했다. 가난한 것도 억울했고, 아이들과 함께 몰려다니며 놀았을 뿐인데 불량서클이며 일진이라고 손가락질당했던 것도 억울했다. 정의롭게 남의 일에 나섰다가 다치거나 병원 신세 진 것도 억울했지만 이제 모두 다 지나간 일이었다. 지나고 보니 사실 그 모든 게 아무것도 아니었다.

펜을 들어 재석은 첫 문장을 썼다.

억울함은 시간이 치료 약인 것 같다.

배를 갈라 보이며 결백을 밝히고 싶었던 분한 일도 시간이 지나면 별거 아니었음을 느끼게 되기 때문이다.

요즘 내가 읽고 있는 《손자병법》에 보면 손빈이 억울하게도 아킬레스건이 잘리는 형벌을 받아 장애인이 된다. 그는 그런 억울함을 평생 잊지 않고 병법을 갈고 닦아 마침내 세상에 갚는다.

이러한 억울함은 사람을 변화시키는 동시에 그로 인해 나라 간에 전쟁을 일으키게도 한다. 무서운 일이 아닐 수 없다.

여기까지 썼을 때였다. 조용히 교실 문이 열리며 김태호 선생이 들어왔다.

"재석아!"

"네, 선생님."

"상담실로 좀 와라."

무슨 일인지는 모르지만 김태호 선생 얼굴이 좀 굳어 있는 듯했다. 안 그래도 그동안 쓴 글도 보여 드릴 겸 재석은 습작 노트를 들고 상담실로 내려갔다. 공부하던 아이들은 무심한 얼굴로 재석을 쳐다보다 다시 책으로 시선을 돌렸다.

복도 공기는 서늘했지만 신선했다. 아무래도 아이들이 몰려 있는 교실보다는 공기가 맑았다. 키 큰 책상을 복도에 내놓고 졸음을 쫓으며 서서 공부하는 아이들도 있었다.

한 층 아래인 2층 상담실 문을 열고 들어가자 생각지도 않았던 민성이 먼저 와 앉아 있었다.

"어, 너도 왔냐?"

"응, 샘이 문자 보내셔서."

예감이 안 좋았다. 아무래도 민성과 엮인 일로 불려온 것 같았다. 김태호 선생은 평상시에도 재석을 불러서 이것저것 조언했지만, 영상에 관심이 많은 민성과는 별로 이야기한 적이 없었기 때문이다.

"앉아라."

김태호 선생은 앉아 있는 두 아이에게 코를 갖다 대며 킁킁 댔다.

"아이, 선생님 왜 그러세요?"

재석이 본능적으로 몸을 뒤로 하며 물었다.

"녀석들, 아직도 담배 피우나 보려고."

"아, 선생님! 담배 안 핀 지 오래됐어요."

"그런 것 같구나."

김태호 선생은 멋쩍은 듯 웃으며 서랍에서 초콜릿을 꺼내 두 아이에게 주었다.

"자, 이거 하나씩 먹어라."

성질 급한 재석은 일단 용건이 궁금했다.

"선생님, 무슨 일이에요?"

"저, 그게 말이다. 내가 상담실 담당이면서 학폭 담당인 건 너희도 알고 있지? 그래서 외부 학폭 담당 교사들과 연수도 가고 공부도 하고 있단다."

김태호 선생은 아이들과 친밀하게 지낸다는 이유로 학교 폭력과 관련된 일을 맡고 있었다. 학생들과 스스럼없이 소통한다고 재단과 교장에게 인정받아 학교 폭력 담당 교사가 되었다.

“저 요즘 애들 안 때려요.”

민성도 눈을 동그랗게 떴다. 마치 과수원에서 갓끈 고쳐 맨 사람처럼 혹여 억울한 오해를 받게 되는 건 아닌가 싶었다.

“선생님, 저희 스톤 다 해체한 거 아시잖아요!”

“그래, 누가 교내 문제 가지고 얘기하냐? 너희들이 백의중학교랑 고등학교 애들 두들겨 팼다며?”

“예에?”

재석과 민성은 눈을 동그랗게 떴다. 얼마 전에 있었던 일이 생각났다.

“그게 왜, 왜요?”

“저쪽 학교에서 진정이 들어왔어. 중학생하고 고등학생들을 너희들이 두들겨 패고 도망갔다고!”

“선생님, 정말 억울해요. 저희가 때린 게 아니라 일방적으로 맞았어요. 아직도 이렇게 멍이 남아 있잖아요.”

민성이 호들갑을 떨며 윗도리를 벗어 올려 보였다. 아직 완전히 사라지지 않은 멍이 등과 배에 군데군데 눈에 띄었다.

“그런 일이 있었으면 말을 했어야지. 왜 너희끼리만 쉬쉬해?”

“선생님 걱정하실 게 뻔한데 뭐하러 말씀드려요! 그것도 바깥에서 있었던 사소한 충돌인데."

"재석이 너한테 실망이다. 이제는 그런 짓 안 하고 다닐 줄 알았는데……."

김태호 선생의 얼굴에 실망하는 기색이 역력했다.

"죄송합니다. 근데 선생님, 그게 아니고, 오해예요. 제가 게네들한테 사적인 감정이 있었던 건 아니에요. 선생님, 병조 아시죠? 걔 사촌 동생 문제로 도움을 좀 준다는 게 이렇게 됐어요."

"병조? 소병조?"

"네."

재석은 자초지종을 얘기했다. 대충 이야기를 들은 김태호 선생은 병조에게도 연락해 불러왔다. 공부하다 호출된 병조는 무슨 일인지 눈치를 살피며 상담실로 들어왔다. 재석과 민성이 먼저 와 있는 걸 안 병조는 얼굴이 붉어졌다.

"병조 네 동생 때문에 얘들이 싸움에 엮였다는데, 너 알고 있었어?"

"아, 선생님 죄송합니다. 일이 이렇게 커질 줄 몰랐어요. 제 사촌 동생이 학교에서 왕따를 당한다고 해서 재석이한테 도와달라고 한 건데, 그 자식들이 이렇게 치사하게 나올 줄은 몰랐어요."

"이게 그 학교에서 보내온 진정서야. 읽어 봐."

재석은 진정서를 읽어 보았다. 편지 형식으로 온 진정서였다.

백충현 교장 선생님

선생님 백의중학교 교장 명혜영입니다.

이번 우리 학교 학생들의 폭력 피해 사건에 대해 의논할 게 있습니다. 4월 17일 귀교의 황재석과 김민성 군이 본교의 중학생 아무개 3명과 고등학생 3명에게 폭행을 가하여 학생들이 지금 치료를 받고 있습니다.

이 사안에 대해 엄중히 조사하시어 진상을 알려 주시기 바라며, 교칙에 의한 강력한 자체 처벌을 원하는 바입니다.

폭행 사실을 인정하고 사과하지 않을 경우 부모들이 이 문제를 공식적으로 논의할 것임을 알려 드립니다. 참고하시기 바랍니다.

"저쪽 학교에서 이렇게 항의를 해 왔기 때문에 너희들에게 이야기를 들어보고 답신을 보내야 해. 다행히 교장 선생님들끼리 친하셔서 될 수 있는 한 일을 크게 안 벌이실 모양이야."

그때 병조가 나섰다.

"선생님, 제 사촌 동생이 초등학생인데 학교에서 괴롭힘을 당하고 있어요. 의형제를 맺지 않는다고 왕따를 당하고, 돈을 빼앗기기도 했더라고요."

"왕따? 초등학생이?"

"예. 제가 재석이에겐 자세히 말하진 않았지만 애들이 구석진 데로 몰고 가서 눈을 가린 다음 입에 지우개 가루를 넣거나 풀을 짜 넣어 먹이기까지 했대요. 어떤 녀석은 또 성기도 만졌대요. 그래서 제 동생이 충격을 받고 너무 힘들어했대요. 부모님이나 선생님께 이야기하면 아무래도 일이 더 심각해질 테고, 어린 애들이니까 혼을 좀 내주면 괜찮겠다 싶어 재석이에게 도움을 청한 거였는데. 선생님, 정말 우리는 아무 잘못 없어요. 오히려 그놈들이 단체로 몰려와 재석이와 민성이를 때렸다고요."

"유석환이라는 녀석은 누구냐? 너희들 석환이라는 애에 대해서 알아?"

"모르겠는데요! 하지만 오토바이를 타고 와서 일방적으로 두들겨 패고 간 녀석이 원정이라는 건 알아요."

민성이 억울하다는 듯 어조를 높였다. 그러자 병조가 말했다.

"제 동생 말로는 석환이라는 애가 그 동네 일진 짱이래요. 그 밑에 원성이란 애가 넘버투고요. 중학교하고 초등학교까지 다 연결되어 있대요. 석환이라는 애 아버지가 큰 전자회사 사장인데 일본에서 공부하다 와서 오토바이 타고 다니면서 아이들한테 폼을 잰대요. 석환이 녀석이 타고 다니는 오토바이가 굉장히 비싼 거라고 하더라고요. 학교 성적도 엄청 좋아서 선생님들도 잘 안 건드린다고 하던데……. 전교 1등이고요."

재석은 문득 궁금해졌다. 석환이라는 녀석이 과연 어떤 놈일지, 왜 그렇게 아쉬울 거 하나 없는 녀석이 이런 한심한 짓을 하고 다니는지.

김태호 선생은 볼펜으로 책상을 톡톡 치며 고개를 끄덕였다.

"하지만 아직 밝혀진 게 아무것도 없으니 너희 말만 듣고 너희들한테 아무 잘못이 없다는 걸 증명할 수가 없어."

"안 그래도 백의중 애들도 석환이 일당이 무서워서 쉬쉬하고 있대요. 중학교부터 고등학교까지 석환이의 힘이 너무 커서 검사 아들이나 정치인 딸들도 거기 가입했더라고요, 비밀 서클로."

"그래, 잘 알았다. 너희들한테 시간을 줄 테니까 그때 있었던 일을 기억나는 대로 적은 후에 왜 이렇게 됐는지 소명서를 만들어 보자꾸나. 너희들이 진술한 내용을 보고 나도 생각

좀 해 봐야겠다. 아무려면 우리 학교가 너희들을 보호하지 내치겠니. 걱정하지 말고 있는 그대로 써 봐."

아이들에게 종이와 연필을 나눠준 뒤 김태호 선생은 상담실을 나갔다.

"재석아, 미안하다. 일이 이렇게 커져서."

병조가 진심으로 미안한 표정으로 재석에게 사과했다.

"아냐, 괜찮아. 우리가 잘못한 건 없잖아. 차라리 이 기회에 이 문제를 공개하자고."

"그래, 어쩔 수 없을 거 같아. 내가 우리 숙모님께도 문자 보낼게."

병조가 문자를 보내고 소명서를 쓰기 시작했다. 재석도 그날 일을 하나하나 기억해 내려 애썼다. 있는 그대로 담담하게 쓸 수밖에 없었다.

> 저는 소병조 군의 사촌 동생 이준석 군이 왕따를 당한다는 사연을 들었습니다. 왕따의 근원을 제거할 순 없겠지만, 중학생 아이들을 만나 좋게 타이르면 다시는 그런 일이 없을 거라 생각했습니다.

이렇게 시작한 글은 당시 상황을 육하원칙에 입각해 시간 순서대로 정리한 뒤 다음과 같이 끝을 맺었다.

4월 17일에 있었던 사건은 전적으로 저희를 둘러싸고 6대 2로 폭행을 가한 백의고등학교 학생들에게 잘못이 있습니다. 저희는 피해자며 최소한의 정당방위 차원에서 저항했을 뿐입니다. 저희가 오히려 가해자인 그들을 고발하고 처벌을 요구해야 하는 상황임에도 불구하고 없었던 일로 하려 했으나 이렇게 적반하장인 상황이 되니 저희도 가만히 있을 수 없습니다. 저희는 억울할 따름입니다. 정의를 위해 저희가 할 수 있는 모든 수단을 다 동원할 생각입니다.

흥분해서인지 소명서가 아니라 항변서 같이 되고 말았다. 민성이와 병조도 땀을 뻘뻘 흘리며 자기가 아는 대로 자세히 써 내려갔다. 아까 억울함을 주제로 글을 쓴 게 이렇게 연결될 줄은 꿈에도 몰랐다. 재석이 들고 온 소설 습작 노트는 펼쳐 보지도 못한 채 그대로 책상 한쪽에 놓여 있었다.

한 시간쯤 지나자 김태호 선생이 들어왔다.

"다 썼냐?"

"예."

"읽어 볼 테니까 너희들은 교실로 돌아가 있으렴."

교실로 돌아왔지만 더 이상 글쓰기나 공부가 될 리 없었다. 재석은 보담에게 카톡을 보냈다.

보담아, 황당한 일이 벌어졌다
백의고등학교 석환이란 녀석이
우리를 가해자로
우리 학교에 처벌해 달라고
진정을 넣었어

오후 7 : 16

보담

뭐? 그게 정말이야?
그런 못된 녀석이 있담
내가 증인 서 줄게
너희들이 왜 가해자야
피해자지

오후 7 : 20

보담이답지 않게 흥분한 어투의 톡이 왔다.

그래서 지금 김태호 선생님하고
이 문제에 대해 이야기하고 왔어
좀 기다려 봐야지

오후 7 : 21

보담

언제든지 우리가 필요하면
말해
할아버지도 도와주실 거야

오후 7 : 21

아니야
할아버지한테까지
말씀드릴 필요 없어
걱정하시니까

오후 7 : 22

보담의 할아버지인 부라퀴한테까지 말하면 일이 커질 것 같았다. 부라퀴는 웬만한 일에는 나서지 않지만 한번 나섰다 하면 반드시 뿌리를 뽑아버린다는 것을 재석은 잘 알고 있었다. 스톤의 해체라든가 연예기획사의 비리를 응징한 것만 봐도 알 수 있었다. 하지만 이번 문제는 재석을 믿고 있는 준석이 일까지 연결되어 있어 신중하지 않을 수 없었다.

다음날 재석이 진정에 의해 처벌받게 되었다는 소문이 퍼지자 여기저기서 아이들의 제보가 들어왔다. 그 중엔 석환에 대한 정보가 제일 많았다,

"석환이는 초등학교 때부터 이미 패거리들을 몰고 다녔고, 그 아이들이 그대로 고등학교까지 올라간 거래."

"원정이란 녀석은 집이 가난한데 석환이가 돈 대줘서 학교 다닌다더라고. 그래서 석환이 말이라면 죽는시늉도 한대."

또 다른 소문은 더 놀라웠다.

"석환이 용돈이 한 달에 백만 원도 넘는대. 그걸로 다 먹을 거 사주고 애들 부리는 데 쓴대. 그리고 각 학교에서 올라오는 상납금은 몇백만 원이나 된대."

상상도 할 수 없는 이야기들이었다. 중학교 때 석환이 패거리 때문에 지방으로 전학 간 아이 이야기도 있었다.

"재석아, 네가 가해자로 몰린 거하고 똑같은 수법으로 석환

이 녀석이 한 아이를 가해자로 내몰았대. 중학교 때 어떤 아이도 피해자였는데 가해자로 탈바꿈되어서 저기 충청도로 전학 갔다더라고. 검은 장갑 녀석들은 이런 일이 생길 때 보호받으려고 검사라든가 법조인 아들딸들을 끌어들이고 있어. 정치인 아들딸들도 있고 시의원 뭐 이런 집 애들도 비밀회원이래."

놀라운 이야기였다. 가장 섬뜩한 건 학폭위가 열릴 경우 생길 일에 대한 이야기였다.

"재석아, 학폭위 열리면 결과가 어떻든 전학 가야 된대."

정든 학교를 떠날지도 모른다는 건 안타까웠지만 재석은 두렵지 않았다. 석환이가 부모 힘을 등에 업고 친구들을 괴롭힌다고 하니 오히려 더 참을 수 없는 분노가 치밀었다.

"이런 나쁜 자식. 자기 부모님 빽 믿고 아이들을 괴롭히고 왕따시키고 그런단 말이야? 그 부모들은 대체 뭔데? 참 어이가 없네."

할 수만 있다면 쫓아가서 일대일로 붙어 떡이 되도록 패주고 싶었으나 이미 문제가 불거져서 그럴 수도 없었다. 저녁 늦게 식당에서 돌아온 엄마에게 재석은 모든 것을 털어놓았다.

"엄마, 사실은 이렇게 됐어요. 죄송해요."

듣고 있던 엄마는 담담하게 말했다.

"우리 식당에서 일하는 아줌마 애가 4학년이라던데 그 애하고 비슷한 경우구나. 요즘은 초등학교 4학년인데도 왕따를 시키고 약한 친구들을 괴롭힌다더니 그 일이 남 일이 아니었네. 그래서 넌 어떻게 할 생각이니?"

"엄마, 가해자로 몰리는 건 참을 수 없어요. 선생님께서 해결 방법을 알려 주신댔으니 우선은 기다려 볼래요."

"그래. 엄마가 학교에서 오라고 하면 갈 테니까 걱정하지 마. 우리 아들 윤동주 시인의 시처럼 하늘을 우러러 당당한 거지?"

"네?"

"으이그 이 녀석 소설 쓴다고 시는 하나도 모르는 거니? 윤동주 시인이 〈서시〉에서 하늘을 우러러 한 점 부끄럼이 없길 기도한 것처럼 당당하냐고?"

"네, 엄마. 정말이에요. 당당해요. 그래도 엄마한테는 죄송해요."

"괜찮아, 괜찮아. 네가 잘못한 게 아니잖아. 엄마는 부끄럽지 않다. 게다가 보담이도 민성이도 다 같이 있었다며. 네가 당당하면 됐다."

"엄마, 고마워요."

이 세상 사람들 전부가 다 자기한테 나쁜 놈이라고 한다 해도 이렇게 엄마가 자신을 감싸주자 재석은 눈에서 눈물이 나려 했다.

"걱정하지 마. 학교에서 오라고 하면 갈게. 불쌍한 아이 도와주다 이렇게 된 건데 나쁜 놈들이 문제지, 넌 잘못 없어. 우리 집이 비록 가난하고 엄마가 힘은 없지만, 학교 선생님들이나 법이 우릴 도와줄 거야."

"죄송해요."

"아니다. 우리 아들, 정의로운 아들이어서 고마워. 대신 주먹으로만 해결하려 들면 안 된다."

"네, 엄마. 하지만 당하고만 있을 순 없었어요."

"그래."

엄마가 위로해 주자 재석은 마음이 한결 편해졌다. 그리고 용기가 나기 시작했다. 결코 석환이 같은 녀석에게 굴복할 수는 없었다.

그날 밤 재석은 윤동주라는 시인과 〈서시〉를 인터넷으로 검색해 읽어 보았다. 〈서시〉의 내용은 사람의 마음을 순화하는 기능이 있었다.

죽는 날까지 하늘을 우러러

한 점 부끄럼이 없기를
잎새에 이는 바람에도
나는 괴로워했다.
별을 노래하는 마음으로
모든 죽어가는 것을 사랑해야지
그리고 나한테 주어진 길을
걸어가야겠다.
오늘 밤에도 별이 바람에 스치운다

며칠 뒤 교장 선생의 호출이 있었다. 재석, 민성, 병조는 교장실로 불려갔다.

"너희들 이야기는 김태호 선생님께 보고 받았다. 다행히 그 학교 교장 선생님과 내가 잘 아는 사이라서 양쪽 모두 서로 크게 피해 본 게 없다면 이쯤에서 조용히 해결하자고 하는데, 그러려면 너희들이 반성문을 쓰고 재발 방지를 약속해야 한다. 아니면 학교폭력위원회를 열어야 해. 저쪽 학교에서 너희들이 쓴 소명서를 보더니 어쩐 일인지 더 이상 문제 삼지 않겠다고 답신이 왔어. 너희들이 반성문만 써 오면 그냥 넘어가겠다고 하더라."

재석은 자기네들이 뭘 잘못해서 반성문을 써야 하나 하고 머리를 굴리고 있는데 병조가 먼저 흥분하면서 말을 꺼냈다.

"교장 선생님, 우리가 왜 반성문을 써야 하나요?"

병조는 어느새 자리에서 일어나 있었다.

"어린 초등학생을 삥 뜯어서 상납하라고 한 게 잘못이지, 그걸 아는 형이 도와주려 했던 게 잘못입니까? 재석이 나서서 도와주려 한 것이 뭐가 잘못입니까? 죄가 있다면 제가 책임지겠습니다. 재석이와 민성이는 아무 잘못 없습니다."

병조가 이렇게 용기 있는 모습을 보인 건 처음이었다. 조용히 글만 쓰는 샌님인 줄 알았는데 그게 아니었다. 김태호 선생도 옆에서 거들었다.

"교장 선생님, 일방적으로 덮는 것만이 좋은 해결책은 아닌 것 같습니다. 정황상 저쪽 학교 녀석들 다수가 나타나서 폭행하고 간 거라 짐작할 수 있지 않습니까? 우리 아이들도 잘못한 부분이 전혀 없는 건 아니지만, 원래 가해자는 저 녀석들 아닙니까?"

"알아요, 김 선생. 그리고 너희들 마음도 안다. 얘들아, 하지만 이 문제를 계속 문제 삼아 공부도 못 하고 부모님들 오시라 하고 그러면 서로 번거롭기만 하지 좋을 게 뭐가 있겠니? 학폭위 열어 좋을 게 하나도 없다. 지금 이 정도 선에서 넘어가는 게 서로에게 좋아. 그러니까 반성문 한 장 써 주면 다 끝나는 거야. 교칙으로 해결하려 들면 너희들도 책임 면치 못하고……. 문제가 더 심각해져."

교장 선생은 교칙을 복사한 프린트물을 세 아이 앞으로 밀었다.

"이런 문제는 법률이 정한 대로 해야 하는 거라고. 학교폭력위원회를 열게 되면 결정사항을 서류에 기록해 두어야 해. 그런데 그게 무서운 거야. 너희들 법이 얼마나 무서운지 알고 있니? 기록으로 남는다는 건 어른으로 치면 이게 전과 기록이나 마찬가지야. 학교 폭력 예방 및 대책에 관한 법률에 의하면 그렇게 하도록 되어 있어. 옛날하고 달라 어떤 일이든 주먹을 쓰면 안 되는 거란다. 학교 폭력에 대한 기록이 남으면 너희들한테도 손해야. 그러니까 반성문 한 장 쓰고 끝내면 얼마나 좋니?"

한마디로, 타협하라는 거였다. 병조는 다시 한번 흥분했다.

"교장 선생님, 저희는 타협할 수 없습니다. 피차 잘못이 비슷비슷할 때 합의하는 거 아닙니까? 재석이가 무엇을 잘못했습니까? 민성이는요?"

"너희들이 가해자라잖아. 지금 저쪽에서 맞은 아이들은 진단서도 첨부했고."

"오히려 저희가 일방적으로 맞았습니다, 선생님."

민성이가 항변했다.

"너희들이 피해자라는 증거가 없잖아."

교장 선생은 이 골치 아픈 일을 어떻게든 덮으려고만 했다.

"반성문을 쓰면 최대한 가볍게 처벌받을 수 있도록 내가 노력해 보마. 서로 서면 사과가 이뤄지면 학교 내에서의 봉사활동 같은 간단한 처벌로 사건을 종료할 수 있으니. 내가 그렇게 되도록 할 거야. 그러니 어서 써라. 간단하게 써. 그냥 앞으로는 이런 일 절대 없을 거라고. 이렇게 넘어가는 게 운 좋은 건 줄 알아."

교장 선생은 무조건 문제를 덮으려고만 했다. 그때 민성이 말했다.

"선생님, 저희가 피해자라는 증거가 있습니다."

교장실은 갑자기 조용해졌다.

"무슨 증거가 있어?"

"제가 증거가 될 만한 동영상을 다 찍어 놨어요, 선생님."

"뭐? 비디오가 있어?"

하지만 민성은 살짝 말꼬리를 흐렸다.

"그게 가져오긴 했는데……. 선생님도 같이 보세요."

민성이 가방에서 노트북을 꺼내 동영상을 켰다. 교장 선생과 학생과장 그리고 김태호 선생이 둘러앉아 동영상을 보았다. 민성이가 핀 카메라로 녹화한 장면이 나왔다. 거기에는 중학생들과 싸우는 장면과 재석의 뒷발 치기로 중학생들이 나가떨어지는 장면이 생생하게 펼쳐졌다.

"저런 저런, 저 녀석! 저거 봐라! 너희들이 먼저 때렸잖니?"

그 대목에선 할 말이 없었다. 하지만 민성이 말했다.

"선생님, 뒷부분을 보시면 저희가 피해자라는 걸 알 수 있을 거예요."

버스에서 내려가면서 보담이와 향금이가 소리 지르고 패싸움이 시작되는 장면이 나왔다. 처음에는 주먹이 왔다 갔다 했지만 이내 땅바닥에 엎드린 민성으로 인해 화면은 까맣게 변하고 소리만 들렸다. 마이크가 옷깃에 쓸려 잡음이 심했지만 두들겨 맞는 장면임이 분명했다.

"어, 화면이 왜 이러지?"

민성이 당황하더니 이내 상태를 파악했다.

"아, 선생님. 제가 맞아서 쓰러지는 바람에 제대로 안 찍혔나 봐요."

화면을 본 선생들 표정은 애매했다.

"이것만 가지고는 너희들이 피해자라고 얘기하기가 좀 곤란한데……."

교장 선생 말에 김태호 선생이 항변했다.

"선생님 소리를 들어보세요. 이것만으로도 우리 아이들이 일방적으로 때린 게 아니라는 게 증명되지 않습니까?"

교장 선생은 복잡하다는 표정이었다.

"아, 녀석들 간단하게 반성문 한 장만 쓰면 되는데……."

병조가 다시 흥분하며 일어났다.

"교장 선생님, 왜 저희에게 자꾸 반성문 쓰라고 그러세요? 이대로 사건을 덮으시려고 하시는 이유가 뭐예요? 우리 학교 교훈이 정의 아닙니까?"

"알았다. 너희들은 일단 돌아가 있어. 선생님들하고 회의를 해 봐야겠다."

세 명은 교장실에서 나왔다. 병조는 울먹이며 재석에게 말했다.

"재석아, 정말 미안하다. 나 때문에……. 모든 책임은 내가 질게. 학교에서 잘리더라도 내가 책임질게."

재석도 울컥했다.

"병조야, 네가 무슨 잘못이 있어? 괜찮아. 내가 싸운 건 맞으니까 처벌을 받아도 내가 받을 거야. 그러니까 걱정하지 마."

민성은 안타까워했다.

"아하, 카메라에만 잘 잡혔어도 그 자식들을 역공으로 받아

칠 수 있었는데. 재석아, 미안해. 내가 녀석들한테 다구리 맞는 바람에 제대로 못 찍어서."

"아냐, 괜찮아."

재석은 보담에게 이 사실을 알렸다.

보담

뭐라고?
너희들이 가해자가 됐고
반성문을 쓰라 그랬다고?
우리가 증인인데?

오전 10 : 32

너희들은 내 편이라 증인으로서
효력이 없을 거야

오전 10 : 35

보담은 흥분한 눈치였다. 그날 야자가 끝날 때 맞춰 보담이 향금과 함께 학교 앞에 와 있었다.

"야, 너희들 여기까지 왜 왔어? 공부나 하지."

"지금 공부가 되겠니? 너희들이 지금 억울한 일을 당했는데. 내가 증인 설게. 너희들이 맞았다는 걸 증언하면 되잖아."

"괜찮아, 보담아. 무슨 법정 싸움도 아니고……."

"민성이 네가 카메라로 다 찍었다면서 어떻게 된 거야?"

향금이 다그쳤다.

"글쎄, 카메라가 땅바닥에 깔려서 제대로 안 찍혔더라고.

뒷부분 영상도 미리 확인해 둘걸."

"일 좀 똑바로 못 하니, 너는?"

"우리가 일방적으로 맞았다는 확실한 증거가 없어서 말이야. 치고받고 싸운 것처럼 애매하게 소리만 들려."

"아이, 속상해."

"그래도 나는 오늘 감동 받았어."

재석이 말했다.

"왜?"

"병조가 그렇게 정의로움이 넘치는 놈인 줄 몰랐거든. 글만 쓰는 샌님인 줄 알았지."

그러자 보담이 말했다.

"원래 펜은 칼보다 강한 거야. 병조가 책을 많이 읽고 글을 쓰기 때문에 용기를 내야 할 곳에선 우리보다 더 강한 용기를 낼 수 있다고 생각해. 그게 독서의 힘이야. 멋지네, 병조."

그러자 향금은 현실적인 얘기를 했다.

"근데, 야 그냥 반성문 한 장 쓰고 사회 봉사하면 안 돼? 교장 선생님이 학적부에 안 올린다면서……. 학폭위 열리면 일이 커진다던데."

"그러니까. 그러면 간단한데 병조 그놈이 끝까지 가겠대."

"아냐, 나도 병조 맘이랑 똑같아. 암튼 내일모레 선생님들께서 다시 회의해서 결론 내리시겠다고 하셨으니까 기다려 보자."

재석의 말에 공감하면서도 아이들은 답답한 마음을 안고 헤어져 각자 집으로 갔다.

이틀 뒤였다. 수업이 끝나고 이번에는 교장 선생과 교사들이 모두 상담실에 모였다. 물론 재석과 민성, 그리고 병조도 불려갔다. 소위 학교 내부 최종 대책회의였다.

"며칠 전에 말했듯이 너희들이 찍은 동영상을 저쪽 백의중학교에 보냈다. 근데 그쪽에서도 동영상을 찍었더라."

김태호 선생이 예고한 대로였다. 어제 김태호 선생은 세 아이에게 부모님을 모셔오라고 했다. 약속 시간은 4시. 아직 부모님은 아무도 오시지 않았다.

"예?"

"그 녀석들은 제대로 된 카메라로 찍었는데, 그 카메라에 찍힌 건 너희들이 일방적으로 때리는 장면뿐이었어."

"그거 편집됐을 거예요."

"자, 봐라. 길게 나오진 않았지만 애들이 너희들한테 일방적으로 맞고 있어."

동영상을 틀자 보담이를 향해 덮치는 녀석들을 재석이 이단 옆차기로 날리며 주먹질하는 장면이 아주 제대로 찍혀 있었다.

"이렇게 저쪽 아이들이 너희들한테 당했다고 주장하고 있어. 얘네들은 순진하고 착한 아이들이래. 주먹질하는 아이들이 아니라고 하더라. 그쪽 학교에서는 이 문제를 덮으려 했는데 반성하지 않는 학생들 태도가 잘못됐다며 공문이 날아왔어."

공문도 보여 주었다. 내용은 이러했다.

> 귀교 학생들이 반성하고 개선의 의지가 보이면 용서하려 했으나 이렇게 극구 부인하며 조처를 받아들이지 않는다면 피해자 학부모 일동은 정식으로 절차를 밟아 학교폭력위원회를 열고 민사소송까지 제기하겠다고 합니다.
>
> 빠른 사과와 반성 및 피해보상을 바랍니다. 더 이상의 선처는 고려하지 않고 있습니다.

그때 상담실 문이 열렸다. 문을 열고 나타난 것은 재석과 민성의 엄마였다.

"선생님, 저 재석이 엄마입니다."

"전 민성이 엄마예요."

두 엄마의 얼굴은 긴장해 굳어 있었다. 재석은 차마 고개를 들 수 없었다. 아직 병조 부모님은 오시지 않았다.

그때 엄마들 등 뒤에서 귀에 익은 목소리가 들렸다.

"선생님, 저희는 금안여고 학생들입니다. 그날 현장에 함께 있었습니다."

고개를 들어 보니 보담과 향금이었다.

"아니, 너희들 웬일이야?"

재석과 민성만 놀란 게 아니었다.

"누가 이 학생들을 여기 불렀습니까?"

교장 선생의 질문에 김태호 선생이 나섰다.

"제가 불렀습니다, 교장 선생님."

"아니, 왜 나한테 말도 안 하고……."

"갑자기 오겠다고 문자가 방금 왔습니다. 이번 사건에 관련된 증언을 하겠다고 해서요."

"어허, 이런 참."

재석과 민성도 모르게 김태호 선생과 보담이 연락을 했던 것이다. 그때 보담이 똑 부러지게 말했다.

"선생님, 저희가 여기에 온 건 재석이와 민성이가 일방적으로 맞았다는 증거가 있기 때문입니다. 그 애들이 가해자가 아니라는 증거를 가져왔습니다."

"뭐? 증거를?"

교장 선생은 당황했다.

"네."

"그날 CCTV 동영상을 가져왔어요. 증거로 제출하겠습니다."

마치 법정 드라마를 찍는 것처럼 보담이 긴장한 얼굴로 말했다. 차가운 표정이 더 아름답다고 잠시 엉뚱한 생각을 하는 재석이었다.

"아니, 보담아. 너 어떻게 된 거야?"

"그날 현장에 있었던 사람들의 증언이 필요할 것 같아 향금이랑 그 동네를 싹 뒤졌어. 마침 카페에서 일하는 종업원 오빠가 그날 우릴 봤다며 자기네 CCTV를 보여 줬어."

"정말이야?"

동영상을 틀자 보담과 향금을 보호하려고 재석과 민성이 주먹질을 한 거며, 무리에게 둘러싸여 일방적으로 짓밟히고 얻어터지는 장면이 그대로 녹화되어 있었다. 그리고 녀석들이 오토바이를 타고 떠나는 장면까지. 교장실은 일순간 조용해졌다.

"음."

김태호 선생은 흥분했다.

"이걸 보십시오. 이거야말로 있는 그대로 보여 주고 있지 않습니까! 재석이는 그런 학생이 아닙니다."

교장 선생도 표정이 단호해졌다.

"그 녀석들이 주장한 것과 완전히 다르군요."

재석이 엄마가 말했다.

"선생님 죄송합니다. 애들이 싸운 건 어떤 이유로든 정당화될 수 없습니다. 제가 잘못 가르친 책임이 큽니다. 하지만 우리 재석이는 결코 거짓말하는 아이가 아닙니다. 재석이가 진실되게 이야기한 것이 받아들여졌으면 좋겠군요. 그 아이들이 피해를 보았다면 저희가 보상하겠습니다. 하지만 반대로 그 아이들도 우리 아이들을 때렸다면 역시 잘못한 것을 반성해야 하는 거 아닙니까? 저희 아이들의 잘못은 인정합니다. 필요하다면 사과도 하겠습니다. 하지만 이렇게 증거가 있으니 공명정대하게 판정받고 싶어요."

교장 선생은 헛기침을 했다.

"음, 알겠습니다. 저희도 새로운 증거가 나왔으니 다시 연락을 취해 보겠습니다. 그러면 일단 오늘 회의는 보류하겠습니다. 저쪽 학교 교장 선생님과 이야기를 나눠봐야겠습니다. 너희들은 교실로 돌아가 있고, 금안여고 학생들도 어서 학교로 돌아가거라. 오늘 매우 고마웠다."

"네, 교장 선생님, 잘 해결해 주세요. 우리 학교 아이들도 아주 관심이 많습니다."

보담이 야무지게 이야기하고는 인사하고 나왔다. 바깥으로 나오자 엄마들은 이 모든 일들이 자신들 때문이라고 말했다.

"재석아, 엄마가 미안하다. 진작에 왔어야 했는데……."

"아니야, 엄마. 학교까지 오게 해서 제가 미안해요."

민성은 눈물까지 흘렸다.

"엄마, 으으으으!"

"아이고, 이 녀석아 울긴 왜 울어? 맨날 카메라 갖고 다니더니 제일 중요한 영상은 제대로 찍지도 못하고 바보같이……."

민성이 엄마는 의외로 쿨했다.

"그러니까 카메라 좋은 거 사달라고……."

"에이고, 이 녀석 살 만한 모양이다. 또 헛소리하는 거 보니."

김태호 선생이 조용히 대화에 끼어들었다.

"어머님들, 보담이 학생이 가져온 그 동영상 때문에 상황이 바뀌었어요. 아마 양쪽 다 잘못이 있다는 거로 처리될 겁니다. 우리 학교에서는 가볍게 근신 정도로 정리될 테니 너무 걱정하지 마세요. 교장 선생님께서 워낙 아이들을 아끼시는 분이라."

"선생님, 고맙습니다."

재석이 엄마가 인사했다. 보담과 향금, 그리고 엄마들이 교문 밖으로 나가는 것을 보며 재석과 민성은 한동안 눈을 떼지 못했다.

"나 아까 엄청 쫄았잖아. 그래도 이렇게 해결돼서 다행이다, 그치?"

그러나 재석은 민성의 생각과는 달랐다.

"그 자식, 내가 언제 한번 손봐줄 거야. 아주 악랄한 놈이야. 비겁한 놈이고."

"야, 또 싸우려고? 됐어!"

병조가 말했다.

"재석아, 그래도 네 덕분에 준석이는 학교 잘 다닌대. 아무도 안 건드리고 잘 지내고 있대."

"그래?"

"고맙고 미안하다. 우리 숙모가 너한테 언제 한번 감사 표시 하고 싶으시대."

"괜찮아. 하지만 비열하게 어린애들 괴롭히고 돈이나 뜯는 놈은 용서할 수 없어. 이건 완전히 사람 괴롭히는 걸 취미로 생각하는 거 아냐. 저런 자식들이 나중에 좋은 대학 가고 권력 있는 자리를 차지할 텐데, 그게 말이 돼."

그제야 자기 엄마가 교문으로 허둥지둥 들어서는 걸 본 병조가 달려가며 소리쳤다.

"엄마! 다 잘 해결됐어."

몇 주 후 재석과 민성이 교외에서 물의를 일으켜 죄송하다는 내용의 반성문을 교장 선생에게 제출하는 형식으로 일은 마무리되었다. 백의중고등학교 학생들도 그 학교 교장 선생에게 반성문을 써내는 것으로 두 학교 간에 이 문제를 더 이상 키우지 않기로 합의했다는 이야기가 들려왔다.

4
놀이터에서

재석도 놀이터에는 오랜만에 나왔다. 토요일 오후라 그런지 몇몇 가족이 어린아이들을 데리고 나와 그네를 태우고 있었다. 예전 같았으면 소란하고 시끄러웠을 놀이터였다. 재석도 어린 시절 이곳에서 뛰어놀았던 기억이 났다. 그런데 요즘에는 토요일이나 일요일에도 놀이터에 아이들이 없다. 학원 다니거나 공부하느라 지쳐 아이들은 더 이상 놀이터에 나오지 않았다. 아니면 대부분 게임을 하고 있거나.

오후에 보담과 향금이, 그리고 민성과 함께 새로 만들 유튜브 동영상을 찍기 위해 회의를 하기로 했다. 그런데 이른 아침부터 준석이 재석에게 전화를 걸어왔다.

"형, 저예요."

"누구?"

재석은 준석의 목소리를 알아듣지 못했다. 준석과 통화한 건 처음이었기 때문이다.

"저기 왕따 문제 때문에 병조 형한테……."

그제야 비로소 준석의 목소리가 기억났다.

"아, 그래. 준석아 잘 지냈니?"

"네. 요즘에는 학교 잘 다니고 있어요."

준석은 하고 싶은 말이 있는 듯 잠시 머뭇거리다가 이내 밝은 목소리로 별일 아닌 것처럼 굴었다. 준석이 겪은 사건이 생각보다 컸기 때문에 재석은 그동안 준석이에게 무슨 일이 생기진 않았을까 걱정스러운 마음에 병조를 만나 물어보기까지 했었다.

"야, 준석이한테 무슨 피해 안 갔대?"

"아무 일 없어. 오히려 조용하대."

"그래?"

"재석이 네가 나서서 애들 한번 혼내 주니까 조용해진 거 같아. 정말 고맙다. 미안하기도 하고."

"고맙긴. 도움이 됐다니 다행이지 뭐. 왕따나 학교 폭력이 초등학교에서까지 이렇게 심각할 줄 몰랐어. 정말 걱정이긴 하다."

그렇게 넘어가는 듯했는데 이렇게 준석에게 연락이 온 것이다. 준석은 잠시 후 아주 작은 목소리로 조심스럽게 말했다.

"형, 저 부탁 하나만 해도 돼요?"

"무슨 부탁인데?"

"형 오늘 바빠요?"

"아니 왜?"

"형을 만나고 싶어 하는 애들이 있어요."

"그게 누군데?"

"저…… 형, 야단치면 안 돼요?"

"왜 야단을 쳐?"

"나랑 의형제 맺자고 했던 진홍이 형하고요."

"진홍이란 애가 너하고 의형제 맺자고 한 아이였어? 5학년?"

"예. 그리고 6학년에 혁춘이 형이 재석이 형을 만나고 싶대요."

"나를 왜?"

"형이 원정이 형 혼내 준 거 다 소문났거든요."

"소문? 그래서 걔네들이 널 또 괴롭혀?"

"아, 아니에요. 이젠 날 보면 슬슬 피해요. 왕따도 없어졌어요. 그런데 걔네들이 형을 한번 보고 싶대요. 너무 유명해서."

"뭐?"

어이가 없었다. 아이들 사이에 소문이 나서 유명하다고 구경하러 오겠다는 거 아닌가.

"나 이따 오후에 약속 있는데, 친구들하고."

"재석이 형 한 번만 만나게 해 주면 앞으로 절대 안 괴롭히겠대요. 형, 마지막으로 한 번만 도와주세요."

"그 애들 만나면 혼내 줘야 해?"

"아니에요. 그냥 만나서 형하고 사진 찍고 싶대요. 우리 학교에서 재석이 형 완전 유명하거든요."

그런 말은 들어본 적 없는 재석이었다. 하지만 기분이 나쁘진 않았다. 자신이 누군가에게 특별한 존재로 여겨진다는 것, 이런 것이 스타들이 느끼는 기분일 듯했다.

"웃긴 녀석들이네. 알았어. 단, 한 시간밖에 시간 없어."

그렇게 해서 녀석들은 재석이네 동네 놀이터로 오기로 했던 것이다.

그네에 앉아 하릴없이 앞뒤로 끄덕이고 있는 것도 나쁘지 않았다. 학교와 학원 두 군데 그리고 책을 읽고 글을 쓰는데 주로 시간을 보내다가 오랜만에 이렇게 밖에 나와 맑은 공기를 마시니 이 또한 신선했다. 고개를 들어 보니 미세먼지가 사라진 맑은 하늘 또한 반가웠다.

약속 시간이 되어도 아이들이 나타나지 않자 재석은 준석이에게 문자를 보냈다.

어디냐?

편의점 앞이에요

응 그 골목으로 들어오면 놀이터 있다

이윽고 서너 명의 아이들이 쭈뼛쭈뼛 놀이터 입구에 모습을 나타냈다. 준석이 뒤로 걸어오는 녀석들이 진홍이와 혁춘인 것 같았다. 그리고 녀석 또래의 아이들이 두 명 더 있었다.

"형, 안녕하세요?"

자랑스럽다는 듯 준석이가 인사를 하자 진홍이와 혁춘이가 눈치를 살피며 고개를 숙였다. 재석은 그 뒤를 따라온 아이들이 궁금했다.

"얘네들은 뭐냐?"

"우리 반 친구들이에요. 형 만난다고 하니까 쫓아 왔어요."

"그래?"

이상한 기분이 들었다. 초등학생들에게 영웅이 된 것 같은, 마치 걸리버가 소인국에 온 것 같은 기분이라고나 할까.

"자 이리로 와. 여기 앉아라."

편의점 앞이라고 하더니 그때 샀는지 녀석들은 아이스크림을 조심스럽게 내밀었다.

"자식들 유치하게……. 고마워, 맛있게 먹을게."

재석은 웃으며 아이스크림을 받아들었다.

"와! 형하고 사진 좀 찍으면 안 돼요?"

"그래, 핸드폰 줘 봐."

재석이 손에 핸드폰을 받아들고 카메라 앱을 열자 녀석들은 우르르 몰려들어 단체로 사진을 찍고, 일대일로 셀카도 찍었다. 다양한 앱으로 셀카를 찍더니 녀석들은 경계심이 풀렸는지 중구난방으로 질문을 하기 시작했다.

"재석이 형, 정말 원정이 형하고 붙었어요? 형이 1대 7로 붙었다던데요!"

"아니야, 1대 6이래"

"무슨 소리야 1대 7이라고 들었어."

"야, 형 혼자 싸운 게 아니래. 민성인가 하는 형하고 같이 싸웠대."

소문이 과장되어 있는 것 같았다.

"야야! 그게 아니고 걔들이 먼저 형 여자 친구 건드리려고 해서 형이 말리다가 싸움이 붙은 거야. 싸우는 건 좋은 게 아니야, 얘들아."

그때 진흥이가 말했다.

"우리 누나가 그러는데요. 형 여자 친구 되게 예쁘대요."

"너희 누나 어느 학교 다니는데?"

"금안여고요."

"응, 보담이를 아는 모양이구나."

"형, 완전 짱이에요. 모르는 애들이 없어요. 원정이 형하고 붙었다는 건 정말 놀랄 일이에요."

"알았다, 알았어. 싸움 얘긴 그만하고 이리로 와 봐."

벌써 사춘기가 와서인지 눈빛이 반항기로 가득 찬 진흥이와 혁춘이는 머리도 물들이고 옷도 특이하게 입고 있었다. 귀걸이를 한 녀석도 있었다.

"너희들은 초등학생이 이게 뭐냐?"

이 말은 재석이 친구들과 날라리처럼 꾸미고 몰려다닐 때 선생들한테 가장 많이 듣던 말이었다. 재석은 그런 초등학생들을 보자 자기도 모르게 눈살이 찌푸려졌다. 이렇게 자기보다 어린 사람들을 만나면 꼰대 짓을 하고 싶어지는 게 인간의 본성인가 보다.

"우리 엄마가 해 줬어요."

"그래? 단정하게 하고 다니는 게 더 학생답고 보기 좋아. 그리고 너희들 앞으로 준석이 괴롭히거나 따돌리거나 의형제 맺자고 하지 마. 준석이 공부하고 싶어 하니까."

"네, 의형제 그런 거 안 하기로 했어요."

"형 만나게 해 주면 안 하기로 했어요. 약속했어요."

이제 더 이상 걱정할 일은 없을 것 같았다.

"근데 형, 옛날에 삼백 대 맞고 폭력 서클에서 나왔다는 소문 사실이에요?"

"응, 사실이야."

재석은 서클에서 나오면서 삼백 대 맞았던 이야기를 해 주었다. 그러자 또 다른 질문이 이어졌다.

"형은 연예인하고도 잘 안다면서요? 브랜뉴 그룹하고도 알고, 나이트클럽 가서도 막 싸우고 그랬다던데."

"야야, 형 영화도 찍은 영화감독이래."

"아니야 작가라던데?"

눈덩이처럼 소문이 부풀려져 있었다. 재석은 이쯤에서 잘못된 소문을 정리할 필요가 있어 보였다.

"얘들아, 난 그냥 고등학생이야. 작가가 되는 게 꿈이긴 하지. 브랜뉴 매니저가 동네 아는 형이라서 그런 소문이 난 거고."

이상하게 어린아이들을 만나자 도움이 되는 얘길 해 주고 싶었고 아이들이 잘됐으면 하는 마음이 들었다. 친형 같은 마음이 이런 건가 싶었다.

"너희는 왜 의형제 맺자 그러면서 준석이 괴롭혔니? 삥 뜯으려고 그랬지?"

그러자 진홍이가 말했다.

"4학년 수련회 때 혁춘이 형이 나한테 의형제 맺자고 그래서……."

"수련회 때?"

"네, 수련원에 갔었는데 그날 장기자랑을 했었거든요."

끼가 많은 진홍이는 장기자랑에서 최근 유행하는 아이돌 그룹의 노래를 부르며 미친 듯이 춤을 췄다. 자기한테 그런 끼가 있었는지 본인도 모를 정도로 무아지경이었다. 진홍이의 춤을 본 아이들은 멋진 퍼포먼스에 연신 감탄했고 수련회에서 인기를 독차지했다.

진홍이는 무대 위로 올라가서 자신의 끼를 발산하자 속이 탁 트이는 것만 같았다. 미용실에서 일하는 엄마와 장사하는 아빠가 밤늦게까지 들어오지 않는 날이 많아 진흥이는 집에서 늘 혼자 외롭게 지내야 했다. 그럴 때면 혼자 텔레비전을 보면서 연예인 흉내를 내곤 했다. 그게 쌓이고 쌓여서 춤 실력이 늘었던 거다.

수련회에서 돌아온 뒤에도 학교 아이들에게 이름이 알려졌고 진흥이의 놀라운 춤 실력은 두고두고 화제가 됐다. 그런 진흥이에게 5학년이었던 혁춘이 접근했다.

"진흥아, 너 나랑 의형제 맺자."

"의형제요?"

"응, 앞으로 내가 네 뒤를 봐 줄게."

그렇게 해서 둘은 의형제가 되었다. 진흥이는 주먹은 약했지만 혁춘이가 돌봐 준 덕에 어깨에 힘을 주고 다니면서 아이들을 왕따시키거나 못된 짓을 했다.

"그랬구나. 그때는 좋았는데 5학년 되니까 어땠어?"

"5학년 되니까 혁춘이 형이 6학년 형들 졸업시켜야 한다고 돈 걷어오라고 시키고요……."

그러자 옆에 서 있던 혁춘이가 재석이의 눈치를 보더니 얼굴이 하얗게 질려 손사래를 쳤다.

"형, 아니에요. 저도 형들이 의형제 맺자 그러고 돌봐 준다

그러다가 중학교 올라가더니 선물 내놔라, 생일이다, 그래서 힘들었어요."

"혁춘이 너는 어쩌다가 그 무리에 꼈어?"

"저는 원래 덩치가 커서 운동하는 걸 좋아했는데 어느 날 형들이 찾아와서 자기들이랑 의형제 맺자고 해서 중학교 형들이랑 의형제 맺으면서부터 애들 괴롭히게 됐어요."

"너희들, 그런 식으로 자꾸 왕따의 맥을 이어 가는 거야?"

"할 수 없어요. 한번 엮이면 빠져나올 수가 없어요. 안 그럼 학교 못 다녀요."

아이들이 시무룩해졌다.

"그런데 재석이 형이 한 방에 처리하는 걸 보고 멋있어서 찾아온 거예요."

아이들도 그 권력의 고리에 빠져서 누군가를 괴롭히며 힘을 과시하는 것이 결코 옳은 일이 아니라는 것을 알고 있었다. 교실은 어느새 어른들의 세계와 닮은, 권력이 절대 기준인 사각의 링이 되어 가고 있었다. 그렇게 가해자도 피해자도 모두 고통받고 있었다.

"누군가 나서서 말려야 하는데 그러질 못하고 있구나."

"우리가 어떻게 말려요? 다들 자기들한테 피해 갈까 봐 꼼짝도 못 해요."

"그래, 너희한테 무슨 잘못이 있겠냐? 책임져야 할 사람들은 어른들이지. 너희 아빠 엄마는 이런 상황 아시니?"

"아뇨, 몰라요. 학폭위 같은 게 열리면 그제야 부모님이 알게 되는데 학교 와서 막 소리 지르고 싸우고 그런대요, 선생님들하고."

아이들과 조금만이라도 더 많이, 그리고 더 빨리 소통했더라면 이런 일이 없었을 거라는 생각이 들었다.

"그래, 너희들 잘못만은 아니야. 나도 옛날에 똑같은 짓을 했는 걸 뭐."

"그래도 형이 우리 말 잘 들어줘서 너무너무 좋아요."

"맞아요. 속이 다 후련해요."

재석은 확실히 다짐해 두어야겠다고 생각했다.

"너희들 앞으로도 계속 친구 왕따시킬 거야?"

"아니요, 안 할 거예요. 오늘 우리가 형 사진 찍은 건요, 중학생 형들한테 재석이 형이랑 친하다고 하고 의형제에서 빠지려고 그러는 거예요."

"그래?"

"네. 형 전화번호 좀 알려주면 안 돼요? 저장해 두게요."

"그래라. 전화번호 알려줄게."

기특한 녀석들이었다. 자기들도 문제가 있다는 걸 알고 빠져나오려고 하는 것이다. 그렇게 아이들과 이야기를 나누다 보니 재석의 마음속은 더욱더 먹구름이 짙게 드리워지는 것 같았다.

재석은 아이들을 큰길까지 데려다주고 버스 타는 것까지 지켜봤다.

“잘들 가라.”

“형, 나중에 또 연락해도 돼요?”

준석이 조심스럽게 물었다.

“그래그래. 너희들끼리 친하게 지내면서 서로 지켜 줘. 약한 친구 왕따시키지 말고, 이제는.”

“네. 이제 같이 잘 지낼 거예요.”

아이들은 아이들이었다. 금세 아이들 얼굴과 표정이 환해지는 것을 보며 재석은 돌아섰다. 그때 저만치서 보담과 향금, 그리고 민성이 걸어오는 게 보였다.

“어이, 친구. 웬 조무래기들이냐?”

민성이가 물었다.

“아, 준석이랑 그 애 친구들이 왔다 갔어.”

“준석이가 왜?”

자초지종을 이야기하자 민성이 고개를 끄덕였다.

“그래도 아이들이 그런 상황에서 벗어나려 애쓰는 게 다행이네."

향금도 자기가 들은 소문에 대해 이야기했다.

"요즘은 일진 때문에 학교에 문제가 발생하면 선생님이나 부모님들이 되게 공격적으로 변한대. 공부 잘하는 모범생들이 가해자인 경우가 은근히 많은데, 그런 학생의 부모 중 자기 아이가 애들을 때렸다는 걸 인정하려는 사람이 하나도 없대. 오히려 막 감싸고돈대, 자기 애만. 그러다 보니 선생님들은 누구 편도 못 들고 난감한가 보더라."

향금이 풍부한 표정으로 제법 장황하게 부모들이 자기 자식만 싸고도는 문제에 대해 설명했다.

"맞아, 왕따나 일진 문제는 어른들이 얼마나 빨리 상황을 알아차리는가도 중요한 것 같아. 아까 왔던 아이들 보니까 부모님들이 걱정하실까 봐 말을 못 하는 것 같았어. 이럴 땐 학교 선생님들이 도와주면 좋은데 말이야."

재석이 푸념하듯 내뱉자 보담이 왕따 문제에 대해 깊이 고민했는지 심도 깊은 이야기를 하기 시작했다.

"그래, 재석이 말처럼 학교에서 발생한 문제는 선생님이 보호자처럼 나서서 도와줘야 하는데……. 이게 학급에서만 벌어지는 게 아니라 학교 전체랑 중학교, 고등학교까지 연결되어 있어서 더 심각한 문제가 되고 있어. 선생님들은 자기 반에 문제가 생기면 최대한 덮으려고만 하고, 다른 반에서 생긴 일에 대해선 개입하거나 학교 차원에서 진상을 확인하는 것을 꺼리는 것 같아."

옛날에 김태호 선생도 보담이와 비슷한 얘길 한 적이 있었다. 그 이야기가 갑자기 재석의 뇌리에 떠올랐다.

'재석아, 학급에 문제가 생기면 말이다. 선생들은 자기가 무능하기 때문에 이런 일이 생겼다고 생각하고 자책하게 돼. 나는 왜 이렇게 애들을 제대로 못 이끌까. 그래서 문제를 외부로 드러내길 꺼린단다. 게다가 학교는 어떻게 나오는지 아냐? 담임한테 생활 지도를 잘못했다고 책임을 묻고 질타를 해. 그러니 어느 선생이 학급에 문제가 생겼을 때 적극적으로 나서겠니? 축소하려고만 하지. 학폭위를 잘 안 열려고 하는 것도 문제가 있어.'

김태호 선생 말에 의하면 학폭위를 열지 않으려고 애쓰는 것은 그러한 자치위원회 개체 건수가 학교 알림이에 공지되기 때문이라는 것이다. 그렇게 되면 그게 학교나 관리자 평가에 반영되어 문제 있는 학교, 폭력 행위가 많이 발생한 학교로 알려진다는 것이다. 게다가 일진 아이들 중에 힘 있는 부모는 자기 자녀를 보호하기 위해 조사조차 못 하게 하는 경우도 많다는 것이다.

이런 것은 어떻게 보면 심각한 교권 침해지만 교장이나 교감은 이런 걸 당연하게 생각하고 오히려 조장하기까지 했다. 만약 드러내 놓고 일진 문제를 해결하려고 하는 교사들이 있다면 교장과 교감 입장이나 다른 교사들 입장에서는 자신들이 출세하거나 승진하는 데 방해가 되는 교사로 여기는 것이다. 자신의 무능함을 드러내는 꼴이기 때문이다.

"그래서 김태호 선생님도 선생님들 사이에서 왕따가 될 뻔하셨대."

"정말?"

"응, 왕따 문제를 해결하려다가 다른 선생님들한테 왜 굳이 덮고 갈 수 있는 문제를 일부러 키우려 하냐고 비난받은 적도 있으시대. 그래서 이런 문제만을 담당하는 전문가가 학교에 필요하다고 하셨어."

"야, 정말 문제가 심각하구나."

그러자 민성이 기다렸다는 듯 말했다.

"그럼, 이번에 이 왕따 문제를 가지고 유튜브 영상을 찍어보는 건 어때?"

"글쎄, 나는 이게 아까 준석이를 봐도 그렇고, 나한테 맞은 중딩들을 봐도 그렇고 인간과 인간 관계의 문제인 거 같아. 이 인간과 인간 관계, 다시 말해서 왕따를 시키는 아이들과 당하는 아이들이 이 관계에서 어떻게든 벗어나야 하잖아. 그런데 벗어날 방법을 모르는 거잖아."

"그렇지."

"잘못 얘기하면 피해를 볼 것 같고, 얘기하지 않으면 본인이 괴롭고……. 그러니 견디다 못한 애들은 자살하고 그러지."

그때였다. 보담이 핸드폰에 문자가 왔다. 재석은 보담이 슬쩍 보더니 애써 표정 관리하며 핸드폰을 주머니에 집어넣는 것을 보고 무슨 일인지 궁금했으나 물어보지 않았다.

"어디까지 얘기했지?"

보담이 잠시 당황하는 듯했지만 이내 아무 일도 없었던 것처럼 말을 이어 나갔다.

"고전을 읽으며 삶의 지혜를 얻는 건 어때? 사실 고전 작품에도 왕따가 있는 거 같아."

보담이 눈을 반짝이며 말했다.

"어떤 작품이 그런데?"

재석이 관심을 보였다.

"응…… 갑자기 예를 들려니까 잘 생각나지 않는데, 예를 들면《톰 소여의 모험》에서 톰은 학교에 잘 적응하지 못하잖아. 바깥으로만 싸돌고, 학교 가기 싫어하고, 그의 친구 허클

베리 핀도 동네 또래 아이들 사이에서 왕따잖아. 톰만이 유일한 친구지."

"아, 정말 그러네. 그렇게 따지면《몽테크리스토 백작》의 단테스도 왕따야. 주변 친구들이 단테스가 예쁜 여자와 결혼하는 것을 시기해 밀고해서 감옥에 가잖아."

재석과 보담의 대화를 듣고 있던 민성이 말했다.

"인간들의 따돌림과 왕따의 역사는 오래됐구나. 듣고 보니 인간은 누군가를 끊임없이 시기하고 끼리끼리 뭉쳐 다니는 게 본능인가 봐."

"하지만 친구들끼리 친하게 지내야 하는 학교에서도 이런 일이 벌어진다는 게 문제야. 우리 아빠가 그러는데 옛날에는 이런 일이 그다 많지 않았대."

향금이 아빠 이야기를 꺼내자 민성도 고개를 끄덕였다.

"맞아, 몇 번 투덕거리다 말았대."

"요즘은 아이들하고 부모 사이에 대화가 없다 보니까 왕따 문제가 즉시 해결되지 않고 점점 커지는 것 같아. 부모와의 대화가 단절되다 보니 도움을 청하기가 더 어려워진 거야."

보담의 말에 재석도 공감하며 고개를 끄덕였다.

"우리끼리만으로는 해결할 수 있는 문제가 아닌 것 같아."

재석은 김태호 선생이 고민하며 하던 말이 떠올랐다.

“전문가가 필요해.”

“정말, 왕따 문제만 연구하는 전문가의 도움을 받으면 좋을 텐데. 너희 학교에는 왕따가 몇 명이나 있냐?”

엉뚱한 소리 잘하는 민성이 향금에게 물었다. 예기치 못한 질문에 당황한 보담과 향금이 서로 얼굴을 마주 보았다.

“좋은 질문이긴 한데, 잘 모르겠어.”

“야, 우선 왕따가 어떤 형태로 이루어지고 있는지 조사해야 하지 않겠어? 너는 리포터가 꿈이라는 애가 그런 것도 모르고…….”

향금은 얼굴이 빨개졌다.

그때 보담에게 다시 한번 문자가 왔다. 보담이 문자를 보더니 무시해 버리는 것을 보고 재석이 참지 못하고 물었다.

“야, 뭐야? 무슨 문잔데 아까부터 그렇게 씹냐?”

“아냐, 별거 아냐.”

재석은 순간적으로 향금을 쳐다보았다. 향금이 얼굴이 붉어지며 재석의 시선을 피했다.

“너희들 뭐 있지?”

“어, 없어. 아무것도.”

“말해 봐. 무슨 일이야? 누가 문자 보낸 거야? 왜 이래?”

“보담아…….”

향금이 보담의 눈치를 살피더니 눈짓을 했다.

“말해.”

“안 돼.”

둘 사이에 뭔가 있는 게 틀림없었다.

“뭐야 너희들?”

재석이 벌떡 일어났다.

“핸드폰 이리 줘 봐.”

“안 돼. 왜 그래?”

“빨리 말 안 해?”

흥분하며 다그치는 재석을 보자 보담이 할 수 없다는 듯 체념하며 말했다.

“그때 그 석환이.”

“뭐? 석환이? 백의고등학교 일진 새끼?”

“응, 걔가 자꾸 문자 보내.”

“그 자식이 왜?”

재석이 흥분해서 폭발하기 직전이었다.

향금이 중간에 끼어들며 말했다.

“야, 흥분하지 마. 흥분하지 마. 내가 설명해 줄게.”

민성도 처음 듣는다는 눈치였다.

“야, 넌 뭐 알고 있는 거야?”

"그때 싸우고 나서 석환이란 애가 보담이 봤잖아."

"원정이랑 싸웠는데."

"석환이라는 애가 그 녀석들이 찍어온 영상으로 보담이를 봤다나 봐. 그 이후 어떻게 전화번호를 알았는지 계속 문자를 보내고 있어."

"줘 봐."

할 수 없이 보담이 핸드폰을 꺼내며 말했다.

"문자 보낸 거 복사해서 보내 줄게."

"빨리 보내."

스마트폰을 켜자 잠시 후 장문의 카톡 메시지가 재석의 스마트폰에 떴다.

보담

안녕하세요 보담 씨
저는 백의고등학교 다니는
유석환이라고 합니다.
본의 아니게 불미스러운 일로
얼굴을 뵙게 되었어요.
심심한 사과를 드립니다.
저는 원래 폭력을 쓰는 아이가 아닙니다.
저의 꿈은 서울대학교 의대에 가서
의사가 되는 게 꿈이고요.
지금도 열심히 공부하고 있습니다.
사람들이 저를 일진 왕따 주동자라고
생각하는데 저는 한 번도 그런 적이 없어요.
어려서부터 리더십이 강하고
전교 회장을 하다 보니 제 주변에
아이들이 모여들어서 자기들끼리
세력을 만들었을 뿐이에요.
보담 양이 그 일에 대해
오해하지 않았으면 합니다.
제가 이렇게 문자를 보낸 건 다름이 아니고
우리가 공부하다 힘들 때
가끔 문자를 주고받는
좋은 관계였으면 좋겠어요.
듣자 하니 보담 양은 서울대학교 법대를 가서
변호사가 되는 게 꿈이라고 하던데
열심히 공부해서 캠퍼스에서 만나면 좋겠네요.
힘들고 어려울 때 가끔 문자 보내면
받아주시기 바랍니다.

오후 2:22

연애편지도 아니고 고백편지도 아닌 어색한 장문의 메시지였다.

"이런 개……."

욕하는 걸 싫어하는 보담이 앞이라 재석이 말을 채 잇지 못하고 펄쩍 뛰었다.

"왜 흥분하고 그래?"

보담이 말했다.

"그냥 문자가 왔을 뿐이야."

"넌 뭐라고 답했는데!"

"한 번도 답 안 했어."

"그런데도 계속 문자가 온다는 거야? 다 보내 봐!"

재석은 자기도 모르게 목소리가 커졌다. 석환은 문자로 시를 인용해서 보내기도 하고 좋은 글들을 인용해 보내면서 계속 보담에게 관심을 보였다.

"이 자식을 당장 가서 박살을 내야지."

"야야! 흥분하지 마, 재석아."

옆에서 민성이 만류하며 말했다.

"아악! 견딜 수가 없어."

"야, 황재석! 너 이렇게 흥분하면 지는 거야. 네가 그랬잖아, 화내는 것보다 무시하는 게 더 좋은 방법이라고. 보담이도 그 녀석한테 답장 안 보내고 무시하는데, 너도 그냥 무시해."

향금이가 옆에서 자기도 모르게 웃음을 터뜨리며 말했다.

"호호호! 재석이가 옛날에는 보담이 속을 뒤집어 놓더니 이제는 보담이 좋아하는 남자가 생기니까 열 받니? 그때 보담이 심정 이제 알겠어?"

"향금이 너는 빠져."

놀이터에 잠시 긴장이 흐르고 적막이 감돌았다. 재석은 예쁜 여자 친구가 있다는 게 이렇게 힘든 일이라는 것을 다시금 깨달았다. 재석의 흥분이 가라앉자 보담이 차분하게 말했다.

"재석아, 미안하지만 나 이런 문자 다른 남자애들한테도 많이 받아. 하지만 아무 상관 없어. 내가 그런 걸 즐기는 것도 아니고, 나는 내 갈 길만 가면 되잖아. 그리고 내 남자친군 너밖에 없어. 그거 못 믿어?"

그 말을 듣자 재석의 마음도 풀어졌다.

"……."

"믿지?"

재석은 고개를 끄덕였다.

"믿으면 됐어. 네가 이렇게 흥분하는 건 나를 못 믿는다는 뜻이기도 하니까."

역시 냉철한 보담이었다. 말로는 재석이가 보담을 이길 수 없었다.

"알았어. 하지만 그 자식이 다시는 그런 문자 보내지 못하게 답장 보내."

"답장 보내면 또 그거에 대해 문자 보낼 거야. 그냥 내버려 두면 되는데 왜 그래? 제풀에 지치겠지."

"참을 수가 없어서 그래."

"흥분하지 마. 우리 오늘 영상물 때문에 만난 거잖아. 이제 그 일에 대해 논의하자. 다른 얘기는 그만하고 하던 얘기나 마저 하자."

"그래그래."

향금이 분위기를 바꾸려 했다. 그때 향금의 휴대폰이 울렸다.

"여보세요? 응 은지니? 응 웬일이야? 나 보담이랑 놀고 있어. 뭐? 동생 영지가 자살했다고?"

자살이란 말에 세 아이는 모두 얼어붙었다.

"언제? 어저께? 뭐? 왕따 문제 때문에?"

놀이터에는 순간 정적이 감돌았다.

5
영지의 왕따 일기

싸우면서 크는 거라고 했다. 어려서부터 나는 누가 나를 꼬나보기만 해도 주먹을 날렸다. 맞기도 많이 맞았지만 싸움이 거듭될수록 내 주먹질은 화려해졌다. 간결해졌고 더 빨라졌으며 급소를 때리는 요령을 알게 되었다. 싸움을 하도 하자 선생님들은 나를 골칫덩어리로 여겼고 그렇게 나는 스톤에까지 들어가게 되었다.

하지만 애들은 싸우면서 큰다는 말은 잘못된 생각이다. 학교 폭력이 일어나도 이런 말을 하는데 그것은 모르는 소리다. 싸우면서 아이들은 상처 입고 상처 준다. 이런 말을 하면서 폭력이 별거 아닌 것처럼 넘어가는 잘못된 인식이 폭력을 저지르는 가해자에게는 굉장히 유리하다.

글쓰기 노트를 펼쳐 전에 쓴 글을 읽어 보던 재석은 학교 폭력에 대해 많은 오해가 있다는 것을 다시금 깨닫게 되었다. 재석은 우발적으로 싸우게 되거나 투닥거린 적은 많았지만, 조직적으로 누군가를 괴롭히며 한 아이가 자살을 생각하게 할 정도로 지속적으로 폭력을 행사한 적은 없었다.

지난 토요일에 은지 동생 영지의 자살 미수 소식을 들었다. 나중에 다시 확인하니 자살한 거로 잘못 소문났던 거였다. 그래도 영지는 중상을 입어 병원에 입원했다. 향금이가 자초지종을 자세하게 전해 주었다.

"영지가 백의중학교 다니잖아."

"아, 또 백의중학교야?"

민성이 유치원부터 초등학교, 중고등학교는 물론 대학교까지 있는 백의 재단을 떠올리며 말했다.

"우리 아빠가 그러는데 40년 전에는 그 동네가 배추밭이었대. 그런데 백의 재단 이사장이 땅을 사서 교육 사업을 한다고 학교를 지은 거래."

"요즘 왜 자꾸 백의 애들이랑 엮이냐? 백의의 민족이란 소리만 들어도 신물이 올라오려고 그래."

"백의고등학교에서 우리가 그때 그 원정이라는 녀석하고 싸웠던 게 화제가 됐대. 그래서 중학교 애들까지도 그 일을 다 안대."

"정말이야?"

"응."

"그때 재석이가 뒷발 치기로 찬 녀석 있잖아. 그 녀석이 백의중학교 일진 짱이래. 그런데 재석이가 그런 녀석을 한 방에 날려버렸다고 소문이 쫙 난 거지. 따지고 보면 영지도 재석이 너 때문에 그렇게 된 거라고 볼 수 있어."

"왜 나 때문이냐?"

재석이 펄쩍 뛰었다. 이런 일에 연루되는 것이 정말 싫었기 때문이다. 향금은 정색을 하고 말을 이어갔다.

"아니, 네가 잘못했다는 게 아니고, 이야기를 들어보니까 영지가 자기 언니 친구가 황재석이랑 친하다고 했다는 거야. 그래서 자기도 황재석이랑 잘 안다고 그랬대."

"나는 영지라는 애 모르는데?"

"당연하지. 그냥 영지가 지어낸 말이니까. 그동안 거짓말로 황재석 지인인 것처럼 자랑을 하고 다녔나 봐. 그런 거 있잖아. 뭔가 조금이라도 연관되어 있으면 으스대는 거. 스웨그!"

그다음에는 뻔한 일들이 벌어지고 말았다. 영지는 재석을 조금이라도 안다는 이유만으로 갑자기 학교에서 주목받기 시작한 거였다. 아이들은 몰려가 영지에게 물어보았다.

"너 정말이야? 재석이 오빠 본 적 있어?"

이런 큰 관심을 받는 일이 영지에게는 처음이었다.

"되게 키 크고 멋있고 잘생겼어."

"야, 그 재석 오빠 여자 친구라는 보담 언니 정말 예쁘니?"

중학생다운 수다들이 이어졌다. 맑은 물에 먹물 한 방울이 떨어진 듯이 소문은 백의중에 파다하게 퍼졌고, 결국에는 이런 화를 부른 거였다. 누가 어떻게 지시한 건지는 알 수 없었지만 어느 순간 아이들은 영지를 왕따시켰다. 자기 학교 일진 짱을 두들겨 팬 오빠를 잘 안다고 했던 것이 큰 실수였던 것이다. 처음에는 영지에게 관심을 보였던 아이들이 점점 거리를 두더니 놀아주지도 않았다.

영지는 처음엔 그 상황을 제대로 파악하지 못하고 어리둥절했다. 친했던 친구들이 갑자기 등을 돌리는 것을 보면서 왜 그러는 건지 이해되질 않았다. 그게 집단 따돌림이라는 걸 말해 주는 아이조차 없었다.

'괜찮아지겠지.'

초조하고 불안하지 않은 건 아니었지만 영지는 별일 아닐 거라 생각하기로 했다. 그러나 왕따의 조짐은 서서히 강도가 세졌다. 체육복이 갈갈이 찢겨져 있다던가, 책상 안에 빈 깡통과 우유갑 등 쓰레기로 가득 차 있는 걸 보면서 영지는 두려움에 떨어야 했다. 영지는 학교에서 투명인간 취급을 받았다. 난생처음 학교 가기가 두려워졌다.

"엄마, 나 오늘 몸이 안 좋아요. 학교에 전화 좀 해 줘요."

"그래? 어디 아프니? 이따 엄마가 약 사올게."

엄마는 영지의 행동을 대수롭지 않게 여기며 결석하겠다고 학교에 연락했다. 그러나 이것이 긴 고통의 시작일 줄은 전혀 몰랐다. 하루 이틀 아프다는 핑계로 학교에 가지 않았다. 학교에 가더라도 지각과 조퇴를 반복했다.

"아니, 너 도대체 왜 또 운동화를 사달라 그래?"

아이들이 운동화에 개똥을 범벅해 놓아서 도저히 신을 수 없게 돼 버렸다는 사실을 엄마에게 차마 말할 수 없어 영지는 운동화를 잃어버렸다고 했다.

"운동화 또 잃어버렸어. 그냥 사주면 안 돼?"

세 번째 운동화를 사주면서도 영지 엄마는 눈치채지 못했다. 그렇게 영지의 고통스러운 학교생활은 계속되었다.

그러던 어느 날 점심시간에 영지가 있는 2학년 3반으로 중학교 여자 일진인 3학년 다빈이와 그 일당이 찾아왔다.

"너 보담이랑 재석이 사진 찍은 거 있어?"

"네? 왜요?"

"있어 없어?"

"우리 언니가 보내 준 거 있어요."

"내놔 봐."

"왜요?"

"좀 보게. 이년이 선배 말이 말로 안 들리냐? 개기냐?"

"그게 아니라요. 핸드폰은 개인 건데……."

"내놔 봐."

같이 온 여자애들이 달려들어 영지 핸드폰을 빼앗았다.

"패턴 뭐야? 풀어."

"어, 언니 왜 이러세요?"

"맞고 풀래? 그냥 풀래?"

"언니, 이러지 마세요. 제발요. 흑흑!"

"이년이 열라 재수 없게 왜 울어? 콱!"

손을 둘러매는 통에 영지는 자신의 핸드폰 패턴을 풀 수밖에 없었다. 그러자 언제 그랬냐는 듯 3학년 일진들은 교실을 빠져나갔다.

영지는 눈앞이 캄캄해졌다. 핸드폰 안에는 개인 일기 같이 써 놓았던 문자와 카톡을 비롯해 사진과 전화번호 등 모든 메시지, 아니 자기 자신의 삶과 영혼이 모두 들어 있었다. 특히, 평소 시답지 않은 아이들에 대한 개인적인 메모와 잡다한 감정의 기록은 일진 패거리들에게 큰 빌미가 될 수 있을 터였다. 그것들이 아이들에게 알려지면 영지는 더 이상 학교에 다닐 수 없을 것이다. 영지는 당황한 나머지 교무실로 뛰어갔다. 식사를 마친 담임선생은 공문서를 쓰느라 모니터에 코를 박은 채 정신없었다.

"선생님, 선생님!"

"무슨 일이야?"

"제 핸드폰을 뺏어갔어요, 선생님. 3학년 언니들이."

"장난으로 그런 거 아니야?"

"아, 아니에요. 선생님 핸드폰 좀 찾아주세요. 제발요."

"3학년이 네 핸드폰을 왜 뺏어가? 너 그리고 수업 중에는 핸드폰 하지 말랬지. 내가 지금 좀 바쁘니까 이따가 교실 가서 찾아 줄게."

"선생님, 제발요. 저 죽어요. 지금 당장 제 핸드폰 좀 찾아주세요. 제발요. 엉엉!"

영지는 정말 죽고 싶은 심정이었다.

"교실에 가 있어. 나중에 내가 3학년들 찾아서 혼내 줄 테니까. 울지 말고."

영지는 더는 자신을 도와줄 사람이 없다는 생각이 들었다. 그러는 동시에 절벽 끝에 서 있다는 느낌이 들었다. 안 그래도 왕따를 당해 힘들었던 영지는 그 순간 죽음이라는 단어를 떠올렸다.

'그래, 죽으면 되잖아. 죽어 버리면 다 끝이라고.'

영지는 교무실을 나와 곧장 계단을 올랐다. 4층까지 올라가면서 계단을 내려오는 아이들과 몸이 부딪혔지만 전혀 아랑곳하지 않았다. 정신이 온전히 나가버린 것처럼 눈에 초점이 흐릿하고 머릿속은 온통 위로 올라가야겠다는 생각밖에 없었다. 하지만 옥상으로 나가는 문은 잠겨 있었다. 영지는 다시 한 층을 내려왔다. 가장 가까운 교실은 3학년 5반이었다. 점심을 먹은 학생들이 교실 여기저기서 빈둥거리거나 장난치고 있었다. 문을 벌컥 열고 들어온 영지를 보고 아이들이 어리둥절해 할 때였다. 영지는 그대로 달려가 반쯤 열린 창문을 열더니 책상을 밟고 올라가 창밖으로 몸을 던졌다.

"어어!"

쿵 소리와 함께 아이들의 비명이 울려 퍼졌다.

"꺅!"

잠시 후에야 아이들은 사태를 파악할 수 있었다.

영지가 투신했다는 사실이 학교에 쫙 퍼졌다. 운동장에서 축구 경기를 하던 아이들은 물론, 교실 창문이 열리며 모든 아이들이 운동장을 내다봤다. 학교가 발칵 뒤집혔다. 영지가 뛰어내린 창문 고리에는 뛰어내리다 찢긴 영지의 블라우스

깃이 걸려 나풀거리고 있었다.

"그래서 영지는 지금 중환자실에 있어. 떨어지면서 교실 아래에 있는 큰 은행나무에 걸려서 다행히 머리는 괜찮고, 팔하고 갈비뼈 서너 군데가 부러졌대."

향금에게 자초지종을 들은 아이들은 할 말을 잃었다. 잠시 후 재석이 물었다.

"그래서 내가 그 일에 엮였다는 거야?"

"응. 애들이 영지 핸드폰을 뺏어 가지고 뭘 하려 했는지는 모르겠어."

"그 3학년 애들은 어떻게 됐어?"

"지금 다 불려가서 조사받고 난리도 아니래. 신문사랑 방송국에서도 와서 학교 앞에 진 치고 있고, 교장 선생님은 며칠째 집에도 못 들어가셨다고 하더라고."

"아, 여자애들이 더 심하구나."

재석은 생각할수록 이 일이 자신에게 어떤 식으로든 파장을 일으켜 피해를 줄 것 같아 기분이 영 찜찜하고 불안했다.

"영지 사건 조사하다 보면 재석이 이름도 나올 텐데."

보담이 걱정스러워하며 말했다.

"걔랑 너랑 직접 관련이 없는데 뭐. 별일 없을 거야."

낙천적인 성격의 민성이 대수롭지 않다는 듯 말했다.

"그래서 영지는 괜찮대?"

"생명에는 지장이 없다는데 학교랑 교육청은 난리 났지."

"그래?"

"이 일로 영지네 부모님이 영지가 그동안 왕따를 당했다는 사실을 알게 되셔서 꽤 충격을 받으신 것 같아. 울고불고 장난 아닌가 봐."

재석은 자기가 관계된 사건으로 한 여자아이가 투신했고 그로 인해 많이 다쳤다는 이야기를 듣자 마음이 착잡했다. 그날 찍으려던 동영상은 분위기가 무거워져 더는 찍을 수가 없었다.

다음날 오후 재석은 김태호 선생에게 문자를 보냈다.

선생님 의논드릴 게 있는데요.

그래? 오늘 일요일인데 시간 되니?
선생님하고 저녁이나 먹을까?

문자를 보고 재석은 일요일 저녁 김태호 선생이 사는 원룸 오피스텔이 있는 동네로 갔다. 두 사람은 패스트푸드점 의자에 마주 앉아 커다란 햄버거를 씹으며 대화를 나눴다.

"선생님, 백의중학교에서 여중생이 투신자살하려 한 얘기 들으셨죠?"

"그래. 큰 사건이 있었더라. 모든 학교가 예의주시하고 있어. 거기 교장 선생님 정년도 얼마 안 남으셨는데 골치 아프시겠더라."

"사실은 그 문제랑 제가 연관이 있대요."

"뭐? 어떻게?"

재석은 어두운 얼굴로 지금까지 있었던 이야기를 모두 했다.

"사실은 그래서 맘이 좀 안 좋아요."

"네가 직접적인 연관은 없어도 그 사건과 함께 거론되니 너도 기분이 좋지 않은 건 당연하지."

"네, 선생님. 제가 왕따 문제에 괜히 나선 것 같아요."

"그렇지 않아. 네 잘못이 아니야. 너도 알다시피 이게 어디 남의 얘기니? 우리나라 청소년들 공통의 문제지. 네 문제고 내 문제야."

"안 그래도 요즘 왕따를 주제로 글을 쓰고 있어요."

"오, 그래? 어떤 시각으로?"

"장난과 폭력의 차이, 뭐 이런 거예요."

"우리 어릴 때는 싸우면서 큰다고도 했는데, 요즘에는 그렇게 가볍게 말할 수만은 없는 문제 같아. 예전에야 만만한 친구들끼리 어쩌다 한번 툭탁거리다가 화해하고 다시는 그러지 말아야겠다고 다짐하면서 성장하는 계기가 됐지. 나는 대학 다닐 때까지도 같은 과 동기생하고 치고받고 많이 싸웠어. 내가 쓴 글 가지고 작품성이 있다 없다 그래서 술 취한 김에 막 싸우곤 했는데, 지금은 그 녀석이랑 제일 친해. 문학평론하고 있거든. 작품이 나오면 항상 가장 먼저 읽고 잘못된 점은 지적해 주고, 잘 쓴 건 칭찬해 주고 그러거든. 그때 치열하게 치고받고 싸운 덕분이기도 하지. 서로 문학에 대한 열정이 있다는 걸 확인한 거니까."

"맞아요, 근데 요즘은 잔인하다 싶을 정도로 이유 없이 폭력적이에요. 왕따시키면서 하는 행동들을 보면 정말 무자비할 정도라니까요."

"학교 폭력이 지속되면 상처를 남기지. 그래서 나는 제일 믿지 않는 3대 거짓말에 이것도 하나 넣어야 한다고 생각해."

"뭔데요?"

"노인이 빨리 죽겠다는 거하고, 노처녀가 시집 안 가겠다는 거 그리고 장사꾼이 본전에 판다는 거에 '우리 반에는 왕따나 학교 폭력이 없어요' 이렇게 말하는 선생님도 추가해야 하지 않을까 싶어."

"하하하!"

재석이 웃었다. 김태호 선생은 언제나 이런 식으로 문제를 여유롭게 본다. 그렇다고 해서 문제의 핵심을 놓치는 법은 없었다.

"선생님 때도 학교 폭력이 있었어요?"

"내가 학교에 다닐 때는 이렇게까지 심하진 않았지. 애들끼리 투닥투닥 치고받긴 했어도 언제 그랬냐는 듯 금세 풀어졌지. 이렇게 조직적으로 일진들이 있고 상납을 하고 삥을 뜯는 일은 없었어. 우리 사회가 그만큼 병들어 있다는 뜻이지."

"그렇군요. 왜 아이들은 주먹으로 자기 힘을 과시하려는 걸까요?"

"그걸 네가 모르면 누가 아냐?"

김태호 선생은 재석이 등을 툭 치며 말했다.

"저야 한때 나 자신을 사랑하지 않다 보니 마구 내팽개쳐서 그랬다 치지만…… 아니, 그것도 변명이네요. 저 역시 그게 멋진 줄 알았던 것 같아요."

"내 생각엔, 너희같이 아직 성년이 되지 않은 나이엔 누군가에게 인정받고 싶어서 그러는 거 아닐까?"

김태호 선생 말에 따르면 아이들은 자존감이 형성되면서

자신의 존재를 드러내고 싶어 한다는 것이다. 그것은 자신이 속한 집단을 힘으로 장악하고 싶은 욕망으로 나타나고, 남들보다 우위에 있고 싶은 마음에 허세도 부리고 허언도 한다는 것이다.

자기 존재감을 증명하는 방법이 오로지 폭력과 힘밖에 없다는 잘못된 생각이 결국엔 약한 상대를 찾게 되고 그 약한 상대를 공격함으로써 자신의 우월감을 충족시키게 된다는 거다. 어떤 학생이 왕따를 당하거나 폭력을 당하는 것은 그 학생이 뭘 잘못해서가 아니라 그 약한 학생에게서 폭력이나 왕따의 구실을 찾아내기 때문인 것이다.

"따돌림을 당하거나 학교 폭력을 당하는 아이들은 뭔가 건수에 걸린 거지. 어떤 특정한 이유 없이 그냥 남들과 조금만 달라도 혹은 조금만 튀어도 왕따 대상이 되곤 해."

"아, 그러면 이번 사건도 그렇게 해석할 수 있겠네요."

영지는 백의중학교에서 재석이 중고등학교 아이들과 난투극을 벌인 사건이 화제가 되었을 때 철없이 재석을 안다고 한 것이 빌미가 되었다.

"아마 그 중학교 애들 중엔 재석이 너를 어떻게 하지 못해 속이 부글부글 끓고 있던 아이도 있었을 거야."

"네, 소문에 의하면 백의중학교 애들은 자신들이 가해자가 된 게 충격이었대요. 매번 가해자였어도 피해자인 양 뒤집는 능력이 탁월했던 거죠."

"그런데 마침 영지라는 애가 눈에 띄게 행동한 거구나. 그러다가 휴대폰을 빼앗아서 힘을 보여 주고, 그 안에서 조그마한 꼬투리라도 잡히면 괴롭히려 했겠지. 또 다른 이유가 있을지도 모르지만."

"휴우!"

한숨을 쉬며 재석이 콜라 한 잔을 한 번에 다 들이켰다.

"재석아, 학교에서 벌어지는 일은 어떻게든 선생님들이 도움을 줄 수 있지만, 요즘은 밖에서까지도 왕따 시키고 폭력을 쓰니 우리 교사들도 고민이 이만저만이 아니란다."

"학원 가다가 밤늦게 길거리에서 삥을 뜯고, 게다가 요즘엔 초등학교부터 중학교, 고등학교까지 다 연결돼 있어서 더 큰 문제예요."

"그렇단다."

"그럼 이 문제를 누가 어떻게 해결해야 하나요? 가정교육을 잘 해야 하나요?"

"하하, 이 녀석. 가정이 교육 기능을 잃었다고 하면서 부모가 바뀌어야 한다고 하지만 너 부모가 바뀌는 거 봤니?"

"네? 아, 아니요."

"문제가 생기면 흔히들 문제가 있는 조직이 바뀌어야 한다고 쉽게들 말하지. 군대에서 사고가 나면 군대가 바뀌어야 한다고 하는데 군대가 그렇게 금방 바뀌겠니? 나라가 바뀌어야 한다는데 나라가 금방 바뀌겠어? 그건 너무 쉽고 안이하게만 판단하는 거야. 그런 생각에서 나오는 해결책은 현실감 없는 얘기일 뿐이지."

"아, 그렇긴 하네요. 청소년들이 바뀌어야 된다, 그것 역시 어렵잖아요?"

"맞아 최근 들어 이런 현상이 더 심해졌어. 예전엔 인성 교육의 중요성을 강조하며 선생님 그림자도 밟지 않던 시절이 있었는데. 인식이 변한 거지. 선생님은 그냥 돈 받고 교육 서비스를 제공하는 직업인이 된 거야. 그러다 보니 교사를 존경할 필요도 없고, 학교에 자기 돈 내고 공부 안 하는데 무슨 상관이냐는 식으로 나오니까 교사들이 점점 더 폭력과 왕따 문제를 해결하기가 어려워진 거지."

"입시 위주의 교육 탓도 있나요? 그런 얘길 신문에서 본 것 같아요."

김태호 선생이 눈을 치켜뜨고 재석을 쳐다보았다.

"녀석, 연구 많이 했는걸. 입시도 큰 영향을 미치지. 지금 학교에서 하는 교육이 입시 교육 위주라서 학생 간에 무한경쟁 상황으로 만들다 보니 그런 현상이 심각해진 것도 사실이야. 학생들은 서로를 경쟁 상대로만 생각하고 서열을 정해 나보다 약한 사람은 무시하는 경향이 강해지고 있지. 선생님들이나 부모님들이 공부만 잘하면 된다, 대학에만 가면 된다 하는 것도 일조했고."

"맞아요."

"사회학적으로 보면 중고등학교 때 한창 운동도 하고, 동아리 활동도 하고, 학생회 활동을 통해 건전하게 스트레스 관리하는 방법도 익히고, 교우관계도 자연스럽게 배울 수 있어야 하는데 요즘은 그렇게 못 하잖니."

"저랑 민성이는 취미활동 열심히 하는데요. 저는 글 쓰고 민성이는 영상 만들고."

"너희들은 정말 잘하고 있는 거야. 그렇지만 다른 아이들 봐라. 저렇게 들어앉아서 죽어라 공부만 하고 입시만 준비하니 꾹꾹 눌려 쌓였던 감정들이 터지면서 누군가를 괴롭히는 거로밖에 해결할 방법이 없는 거지. 건전한 감정 조절 능력을 경험해 보질 못한 거야."

"선생님 말씀이 조금은 이해가 돼요."

"중요한 건 가해 학생을 불러서 혼내 주거나 피해 학생을 위로해 주는 것만으로는 해결이 안 된다는 사실이야."

"그럴 것 같아요."

"지금 영지라는 애가 몸이 다 나아서 학교에 돌아오면 다시 행복하게 학교에 다닐 수 있을까? 가해자들이야 처벌받겠지만 그렇다고 해서 걔네들이 똑같은 일을 다시는 안 할 거란 보장도 없고. 학생들 사이에 존재하는 서열 관계나 권력에는 변함이 없잖아?"

"네, 맞아요."

"힘 있는 놈이 더 이상 왕따 안 시키고 물러나면 또 다른 녀석이 그럴 테고. 우리 학교는 네가 스톤 다 해체시켰지만 지금 다른 놈들이 슬슬 불량서클 만들려고 모의하는 거 내가 모를 줄 아니? 다 알아."

그건 사실이었다. 재석이 때문에 해체된 서클이 다시 아이들 사이에서 스멀스멀 생겨나고 있다는 것을 재석도 감지하고 있었지만 우선은 모른 체하고 있었다. 그런 일까지 나서서 막을 만큼 한가하지 않았다. 아니, 그건 막는다고 없어지는 게 아님을 재석이 자신이 누구보다 잘 알고 있었다.

"그럼 선생님, 학교 폭력을 해결하기 위해서는 아이들 사이의 권력 구조를 깨야겠네요."

"그렇지. 권력을 없애고 평화롭게 각자의 개성을 존중하면서 각자 원하는 분야에서 즐겁게 꿈을 향해 도전한다면 폭력

없는 학교가 가능하겠지. 힘으로만 인정받는 게 아니라, 글 잘 쓰는 녀석은 글로, 노래 잘하는 녀석은 노래로, 운동을 잘하면 운동으로, 각자의 개성이 존중받으면 군이 서열이 생기지 않고 어느 분야에서든 각자 자신감을 갖고 대접받는 분위기가 형성되겠지."

"그러네요."

"너희들이 영화를 만들고 글을 쓰는 것은 아주 바람직한 행동이야. 너는 주먹을 쓰는 권력에서 벗어나 새로운 길을 찾았지만 대부분의 아이들은 어떠니?"

"별 도움도 안 되면서 학원만 다니고 있어요."

"선생님도 그게 고민이다. 재석아, 네가 이젠 좋은 말 상대가 돼 줄 정도로 생각이 단단해져서 선생님은 정말 좋다. 사실은 이런 문제 해결을 위해 우리 교사들이 중심이 돼 나서야 하는데……. 그 얘긴 나중에 하자. 어서 들어가라. 나는 맥주 한잔 더 하고 들어가련다."

김태호 선생은 휘적휘적 도시의 어둠 속으로 사라졌다.

집에 돌아와서 아무리 생각해 보아도 영지를 왕따시켰던 녀석들이 무엇 때문에 그랬는지 도저히 알 수가 없었다. 재석은 준석이에게 카톡을 보내 보았다.

준석아 요즘 별일 없지?
학교는 잘 다니고?
오후 9시 10분

준석에게서 바로 답이 왔다.

재석이 형, 형 덕분에 아무 문제 없어요
요즘 너무 신나요
베프도 몇 명 생겼고요
오후 9시 11분

그래 다행이다
좋은 책 많이 읽고
엄마 말씀도 잘 들어
오후 9시 12분

엄마도 요즘 사업 열심히 하고 계심
경쟁업체를 이겨야 한다고
맨날 고민 중
오후 9시 13분

그래 알았다
오후 9시 13분

민 대표도 사업하는 데 있어 경쟁 상대가 있고 이겨야 할 라이벌이 있는 것이다. 그 속에도 치열한 경쟁과 권력 서열이 있을 거라는 걸 재석도 어렴풋이 짐작했다.

다음날 학교에 가니 민성이 달려와 자기가 들은 걸 이야기 해 주었다.

"재석아, 재석아!"

"응?"

"그 영지라는 애 퇴원하면 다른 학교로 전학 갈 거래."

"아니, 왜 피해자가 전학을 가? 가해자가 가야지."

"영지가 그 학교에 다니고 싶지 않다고 했대."

"그래?"

어제 김태호 선생과 나눴던 대화가 생각났다. 피해 학생이 없어져도 또 다른 피해자가 생길 수 있다!

"그럼 또 다른 애가 영지하고 똑같이 왕따가 되는 거 아냐?"

"그건 나도 모르지. 너 같으면 그 학교에 다니고 싶겠냐? 끔찍하지."

"하긴 그렇겠다."

"야, 우리 일찍 끝내고 지난번에 만들었던 학습 노트 영상 마지막 회 찍기로 했잖아."

"야, 그것 좀 고만하라 그래라. 향금이도 몇 편 찍었으면 됐잖아."

"나도 죽겠어. 향금이가 좀 더 찍자 그러는데 어떡하냐?"

"난 오늘 안 간다. 글도 좀 써야 하고 머리가 복잡해."

"야, 보담이도 온다던데?"

"나 책도 읽고 글도 써야 해. 너만 야자 빼고 가."

"그래. 알았다."

민성이 가고 난 뒤 재석은 야자 시간에 혼자 조용히 앉아 글을 쓰며 읽다 말았던 《손자병법》을 읽었다. 《손자병법》에는 적을 만났을 때 도움이 될 만한 여러 가지 기술들이 있었는데 그 기술들은 적용하기에 따라 도움이 될 것 같기도 하고 아닐 것 같기도 했다.

그런데 재석은 책에 집중이 잘 안 됐다. 보담에게 수작 걸던 석환이 녀석을 떠올리니 갑자기 속에 열불이 났다. 물 한 잔 마시고 다시 자리에 앉아 책을 읽었다.

그때 보담에게서 전화가 왔다. 주로 문자를 보내는 보담이 전화를 했다는 건 매우 급한 용무가 있다는 뜻이었다. 재석은 조용히 밖에 나가 전화를 받았다.

"웬일이야? 오늘 영상 찍는다고 하지 않았어?"

"재석아."

"응."

"영지 언니인 은지한테서 영지의 왕따 일기를 받았어."

"응? 왕따 일기? 그게 뭔데?"

“영지가 그동안 왕따 당하면서 쓴 일긴데 네 얘기도 있어.”

재석은 혼란스러웠다. 알지도 못하는 여자애의 일기, 그것도 왕따 일기에 자신의 이름이 등장하다니.

“나는 걔 알지도 못하는데?”

“지금 보내 줄 테니까 봐 봐.”

잠시 후 핸드폰으로 영지의 일기를 찍은 사진들이 차례대로 전송돼 화면에 떠오르기 시작했다. 재석은 교실로 들어가 보내온 사진을 확대해 영지의 일기를 읽기 시작했다.

나는 초등학교 때부터 친구가 별로 없었다.
초등학교 동창들과는 거의 연락도 되지 않고
졸업한 뒤 모임에도 나가지 않는다.
지금 생각해 보면 나는 못된 아이였다.
잘나가는 아이들한테는 친한 척하고
가난하거나 공부 못하는 아이들은 무시했다.
그러다 보니 나도 아이들 사이에서
뭔가 잘난 척하고 싶다는 생각이 들었다.

영지의 일기는 단편적이고 짧았다. 그다지 특별할 것 없는 평범한 아이인 듯했다. 자기보다 나아 보이는 아이에게 다가

가고 그렇지 못한 아이들을 깔보는 건 인간의 나쁜 본능이라는 걸 재석은 누구보다 잘 알고 있었다.

나 같은 성격을 가진 애가 아이들 사이에서 받아들여질 리 없다.
우리 집이 그렇게 잘사는 것도 아니고,
내가 공부를 썩 잘하는 것도 아니다.
그러다 보니 친구들에게 매달리고 집착하게 되었다.

누구라도 붙잡고 싶은 영지 마음이 재석은 이해가 갔다.

영민이는 아이들 사이에서도 인기가 많다.
나는 영민이에게 의도적으로 다가갔다.
학용품도 주고 예쁜 머리핀도 주면서 친해지자
영민이도 나를 자기네 그룹에 받아 주었다.
그렇지만 나는 다른 아이들은 신경 쓰지 않고 무시했다.
영민이 주변에는 늘 아이들이 몰려들었기 때문에
영민이한테만 잘하면 나는 그 틈에 낄 수 있고 안전할 거라 생각했다.
나는 아이들에게 인간성이 좋지 않은 아이로 찍히고 있었다.
그러다 결국 나는 아이들 사이에서 내쳐지고 말았다.
아이들은 내 뒷담화를 하더니 나를 왕따시켰다.

내가 무시했던 아이들이 나를 무시하기 시작했다.

대놓고 나를 좋아하지 않는다고 말하기도 했다.

내가 영민이만 좋아하고 다른 아이들은 무시한 결과였다.

영민이라는 아이에게 집착하면서 왕따가 시작되었음을 알 수 있었다. 친구를 고르게 사귀는 것이 결코 쉬운 일만은 아니다. 재석도 민성과 단짝이 된 자신을 돌아보았다.

일진 짱인 서석이는 키도 크고 덩치도 좋다.

아무도 서석이는 못 이긴다.

얼마 전 초등학교 애를 혼내 주려다가

서석이가 재석이 오빠한테 두들겨 맞고 왔다.

그것도 한방에.

아이들은 재석이가 누군지 궁금하다며 수군댔다.

아, 재석이 오빠라면 언니 친구 중에 향금이 언니 친구라고 했던 기억이 난다.

재석은 집중하기 시작했다. 자기 이야기가 나왔기 때문이다.

마침내 언니에게서 사진을 받았다.

향금이 언니와 같이 찍은 사진을 받아 나는 아이들에게 자랑했다.

아이들도 소문을 들었는지 향금이 언니와 보담이 언니가 재석이 오빠, 민성이 오빠와 함께 그동안 해결한 멋진 사건들에 관해 묻곤 했다.

영지는 그 사건에 대해 잘 알고 있는 양 사진을 보여 주며 신나게 떠들었다고 했다. 당연히 아이들 사이에서 인기가 올라갔을 것이다.

만나는 애들마다 보담이 언니가 예쁘냐라든가 재석이 오빠가 잘생겼냐고 물어보았다. 사진을 저장해 놓고 아주 친한 아이들에게만 살짝살짝 보여 주었다. 재석 오빠와 아는 사이라는 게 왕따였던 영지에게 삶의 기쁨을 준 것이다.

반에서 나를 따돌렸던 아이들이 다가와 친한 척하면서 조금이라도 새로운 이야기가 있으면 몇 번이고 듣고 싶어 했다. 학교에서 조를 짜라고 하면 늘 혼자 남아서 창피했던 내가 갑자기 화제의 중심이 되었다.

재석은 상황이 대충 이해됐다. 자신과 조금 인연이 닿는다는 이유만으로 석환이 패거리가 영지의 핸드폰을 뺏어가 그 안에 무슨 정보가 있나 알아내려고 한 게 분명했다. 영지의 일기에는 또 다른 이야기들도 적혀 있었다.

학교 앞에서 오토바이를 타고 다니는 오빠들을 봤다. 빨간 오토바이를 타고 다니는 오빠는 고등학교에서 일진 짱이라고 했다. 그 오빠가 중학교 일진 짱을 태우고 가는 것도 봤다. 그런 일들은 나와는 거리가 먼 일이라고 생각했다. 내성적이고 눈치만 보는 내가 재석이 오빠 덕에 어깨 펴고 살 수 있게 된 건 정말 기쁜 일이다.

여기까지 읽고 나자 재석은 오토바이라는 말에 눈이 번쩍 뜨였다. 생각하기도 싫지만 석환이와 원정이 패들이 지시해서 이런 일이 벌어진 게 아닌가 싶었다. 핸드폰을 빼앗아 간 사건은 시작에 불과했고, 그 뒤에는 거대한 조직이 움직이고 있을 것만 같았다.

마침 야간자율학습 종이 울리자마자 재석은 아이들이 모여서 유튜브 동영상을 찍고 있는 공부방으로 달려갔다. 보담이에게 몇 가지 확인해야 할 게 있었다. 혹시라도 석환이 패거리가 영지 일과 연관되어 있는지 말이다. 공부방으로 가고 있는데 민성에게서 전화가 왔다.

"재석아, 큰일 났어. 빨리 와!"

"무슨 일인데?"

"내가 배터리 사러 잠깐 편의점 간 사이에 백의고등학교 아이들이 여기로 몰려왔대."

"뭐라고?"

"애들 말로는 보담이랑 향금이를 데리고 갔대. 나도 지금 근처 공원으로 가고 있으니까 너도 빨리 와! 애들이 위험해!"

"이런 개자식이."

재석은 미친 듯이 달려갔다. 공부방이 있는 곳 앞에 오토바이가 죽 늘어서 있는 것이 보였다. 그중 빨간 야마하 오토바이도 눈에 띄었다.

6
보담이에게 닥친 위기

"보담아! 향금아! 민성아!"

재석은 계단을 두 칸씩 올라가며 황급히 공부방으로 달려갔다. 그러나 공부방은 조용했고 사건이 벌어진 것 같은 느낌은 없었다.

"아까 고등학생들 다 내려갔어."

공부방 카운터에 있는 누나가 재석을 알아보고는 말해 주었다.

"어디로요?"

"몰라. 옆 공원으로 가는 것 같았어."

감사하다는 말을 할 겨를도 없이 재석은 날듯이 내려와 공원 쪽으로 달려갔다.

공부방 옆에는 작은 아파트 단지가 자리 잡고 있었다. 그 단지와 공부방 사이에는 공원처럼 꾸며 놓은 장소가 있었다. 구청에서 주택 몇 채를 사서 허물고 만든 조그마한 쌈지공원이었다. 그 공원 한쪽 구석에 아이들이 몰려 있는 것이 보였다.

"보담아!"

재석이 성급하게 다가섰다. 그러자 아이들은 일제히 고개를 돌려 재석을 쳐다보았다. 재석이 긴장을 늦추지 않은 채 주먹을 불끈 쥐며 아이들에게로 다가갔다.

"재석아!"

보담이 울먹이며 재석을 불렀다. 얼핏 봐도 열 명은 넘어 보이는 녀석들이 몰려와 있었다. 그늘 속에 한두 명 더 숨어 있는 듯했다. 쌈지공원은 저녁 시간이었지만 가로등이 환하게 켜져 있어 사람들 얼굴과 표정이 확연히 드러났다.

"괜찮아?"

일단 보담에게 다가가 안부를 물었다.

"응, 괜찮아."

보담도 긴장한 표정이 역력했다. 먼저 현장에 도착한 민성은 재석이가 나타나자 그제야 긴장이 풀리는지 안도의 한숨을 쉬었다. 상황을 파악하기 위해 재석은 고개를 돌렸다. 꽃다발을 들고 서 있는 키가 175 정도 되는 호리호리한 녀석이 날카로운 눈빛으로 재석을 쏘아보고 있었다.

"너냐? 보담이에게 자꾸 문자 보낸다는 석환이가?"

재석이 물었다. 그러자 몇몇 녀석이 앞으로 나섰다. 덩치를 보니 석환이를 보호하는 녀석들인 듯했다. 원정이라는 녀석도 보였다.

"너희들은 떼로 몰려다니는 게 특기구나."

재석이 도발적인 말을 건넸다. 재석은 보담을 지키기 위해서라면 오늘 이곳에서 죽어도 좋다고 생각했다. 좋아하는 여자 친구도 지켜주지 못하면 더는 이 세상에서 살아갈 필요가 없다는 생각이 활화산처럼 치솟고 있었다.

"저번에 덜 밟아줬더니, 이 자식이."

원정이가 이죽거리며 앞으로 나왔다. 녀석은 재석과 키는 비슷했지만 온몸에 붙어 있는 근육량은 더 많았다. 근육을 쓰는 운동을 하는 게 분명했다. 맷집도 좋을 것 같았다. 그때 석환이란 녀석의 목소리가 들렸다.

"가자, 얘들아."

낮고 거친 목소리였지만 위압감이 있었다. 아이들이 갑자기 뒤로 물러났다.

"야, 개빡치는데 그냥 가냐?"

"가자면 가."

석환이는 오른쪽에 들고 있던 목화와 꽃을 뒤섞어 만든 꽃다발을 땅바닥에 던지고는 무심히 즈려밟고 공원을 빠져나갔다. 공원에는 정적이 흘렀다. 나머지 녀석들도 어쩔 수 없다는 듯 날카로운 눈빛으로 재석과 일행을 쳐다보고는 공원 밖으로 나갔다. 잠시 후 오토바이 굉음과 함께 녀석들은 금세 눈앞에서 사라졌다. 빨간색 야마하 오토바이가 앞장섰다.

녀석들이 사라지고 나자 재석은 그제야 긴장이 풀렸다. 향금은 다리에 힘이 풀려 쭈그리고 앉아야 할 지경이었다.

"재석아, 네가 조금만 늦게 왔어도……."

"괜찮아? 다친 데 없지?"

재석도 긴장을 풀며 물어보았다.

"응, 괜찮아."

"어떻게 된 일이야?"

향금이 어떻게 된 일인지 설명해 주었다.

아이들이 공부방에서 동영상을 찍고 있는데 문자가 왔다는 거다.

나 석환이야.
지금 공부방에 와 있는 거
다 알고 있어.
잠깐 만나고 싶어.
내려와 줄 수 있어?

그러자 보담은 쌀쌀맞게 문자를 보냈다.

내가 여기 있는 거 어떻게 알았어요?
분명히 앞으로 연락하지 말라고
부탁했을 텐데요.
다시는 이런 식으로 문자 보내지 마요.

잠깐만 내려와 주면 되는데
부탁해.

그 뒤로 보담은 석환의 문자를 무시했다.

"문자를 씹었더니 잠시 후에 그 녀석들이 여기까지 올라온 거야. 공부방으로. 공부방 누나가 예약하지 않은 사람은 들어갈 수 없다고 했는데도 무시하고는 우리 방문을 열고 들어오더라고."

듣고 있던 보담이 간신히 입을 열어 말했다.

"별일 아니야. 그냥 좀 무서웠어."

새석은 다음 이야기가 빨리 듣고 싶었다.

"그래서? 그 녀석들은 왜 찾아온 거래?"

"'시끄럽게 나갈래, 조용히 나갈래?'라고 원정이란 자식이 말하는 거야. 민성이도 없고 우리 둘이서 어떻게 해! 보담이가 소란 피우지 말고 나가자고 그래서 밖으로 나온 거야. 여기 공원으로."

향금의 말을 듣고 있자니 재석은 온몸이 떨렸다. 만일 같이 있을 때 놈들이 찾아왔으면 어떤 일이 벌어졌을지 알 수 없었다.

"공원에 도착하니까 그 자식들이 카메라에 찍힐까 봐 CCTV가 안 보이는 구석진 곳으로만 움직이더라. 내가 신고하겠다고 소리를 질렀더니 걔들이 내 핸드폰을 뺏으려고 하더라고."

향금이 얼굴이 상기된 채 좀 전의 상황을 자세하게 설명했다. 저번에 CCTV에 찍힌 영상 때문에 자신들이 불리해졌다는 걸 알아서였는지 녀석들은 경거망동하지 않았다.

보담과 향금이 공원으로 내려가자 한쪽에서 기다리고 있던 석환이가 아이들 사이에서 모습을 드러냈다. 안경 쓴 하얀 얼굴에 이지적으로 생긴 녀석이었다. 백의고등학교 전교 1등다운 외모였다. 그러나 눈빛이 차갑고 날카로웠다. 고등학생답지 않게 야비한 면도 있어 보이는 얼굴이었다.

"보담아, 정식으로 인사할게. 나는 유석환이야. 오늘 내가 청소년 논문경진대회에서 1등을 했어. 친구들이 축하해 주고 선물도 많이 가져왔는데, 내가 가장 큰 선물은 너랑 친구가 되는 거라고 했더니 친구들이 이렇게 같이 왔네. 절대 나쁜 뜻은 없어. 그냥 가까이서 얼굴 한번 보고 싶었어."

석환이 꽃다발을 내밀었지만 보담은 쌀쌀맞게 대했다.

"나쁜 뜻은 없다면서 열 명씩이나 몰려 와? 나는 이렇게 자신감 없는 남자는 싫어."

석환은 당황했다. 친구들을 몰고 다니면 누구나 그 위세 때문에 기가 죽는 법인데 보담은 전혀 그러지 않았기 때문이다.

"재석이 땜에 그래? 내가 재석이보다 어디가 못한데?"

질투로 석환의 눈빛이 흔들리는 걸 보며 보담이 웃었다.

"호호, 어른 흉내 내지 마. 재석이는 무슨 일이 있더라도 혼자 힘으로 해결해. 이게 뭐니? 유치하게 몰려다니면서."

석환은 입술을 깨물었다. 옆에 있던 패거리들이 보담과 석환의 얼굴을 살피며 어떻게 해야 하나 고민하는 눈치였다.

"다신 이런 식으로 찾아오지 마. 그리고 문자도 보내지 마. 이 정도밖에 안 되는 사람이 어떻게 의대를 가며, 또 설령 의사가 된다 한들 뭘 할 수 있겠어!"

보담의 말에 다른 일행들이 동요했다.

"아니, 뭐 저런 년이……."

"이게 정말 죽으려고."

그러자 석환이 아이들을 제지하며 말했다.

"알았어. 오늘은 이만 가고 다음에 또 올게."

석환이 들고 있던 꽃다발을 전달도 못 하고 맥이 풀려 있을 때 마침 민성이 향금의 문자를 받고 나타났고, 곧이어 재석도 도착했던 것이다.

향금은 설명이 끝나자 긴장이 풀렸는지 덜덜덜 떨며 울먹였다.

"민성아, 정말 무서워. 저런 애들이 학생이라니 믿을 수가 없어."

집으로 가는 길에 재석은 보담의 어깨를 감싸 주었다. 급박한 상황에 냉정하고 이지적으로 대처한 보담이었지만 어깨를 감싼 손에 두려움이 전달되었다.

보담을 집 앞까지 바래다주고 돌아온 재석은 흥분한 마음이 가라앉질 않아 어찌해야 좋을지 몰랐다. 아까 무조건 두들겨 패고 끝장을 봤어야 했던 게 아닌가 하는 생각도 들었다. 창문을 벌컥 열고 숨을 크게 들이쉬어도 마음의 불이 가라앉질 않고 거친 숨만 이어졌다.

"아차, 그렇지 책!"

화가 나거나 싸우고 싶을 때 책을 읽으면 도움이 된다고 했던 김태호 선생님 말씀이 떠올라 가방에 넣어 두었던 《손자병법》을 꺼내 읽기 시작했다.

따라서 승리하는 자를 아는 데에는 다섯 가지 요인이 있다.

첫째, 싸워야 할 때를 아는 자와 싸워선 안 될 때를 아는 자는 반드시 승리한다.

둘째, 병력이 많고 적음에 따라 그 병력을 쓸 줄 아는 법을 알고 있는 자는 승리한다.

셋째, 장수와 병사가 마음이 일치되면 승리한다.

넷째, 준비되어 있으면서 준비가 덜 된 적을 기다리는 자는 반드시 승리한다.

다섯째, 장수가 능력이 있고 왕이 조종하려 하지 않으면 승리할 수 있다.

이 다섯 가지는 승리를 알 수 있는 이치다.

마침 펼친 이야기가 절묘하게도 재석이 자신에게 해 주는 말인 것 같았다. 재석은 오늘의 이야기를 되짚어 봤다. 오늘은 싸워서는 안 되는 때였다. 전혀 준비가 되어 있지 않았고, 그들과 싸운들 지난번과 똑같은 상황이 벌어지거나 일만 더 커질 뿐이었다. 그리고 상대방은 여러 명인데 혼자서 녀석들과 싸운다는 건 무리였다. 이 내용을 읽고 나자 비로소 흥분이 가라앉았다.

'맞아 오늘 안 싸운 건 정말 잘한 거야. 다음 기회를 두고 보자.'

불을 끄고 자리에 눕자 비로소 오늘 상황이 정리되었다. 보담의 미모에 넘어간 석환이 자신이 가진 권력을 이용해 보담이에게 어필하려 했고, 전교 1등이라는 자신의 능력과 부모의 재력을 재석과 비교해 상대가 되지 않으리라 믿고 라이벌로 다가온 거였다.

'맞아, 그 자식이 자기는 일진이고 공부도 잘한다는 거로 나를 찍어 누를 수 있다고 생각한 거잖아.'

분통이 터졌지만 공부 잘하는 건 자기도 어쩔 수 없었다. 재석은 밤늦게까지 공부를 놔 버리고 주먹질이나 하며 살아왔던 자신의 삶을 후회하며 속상해했다. 그렇지 않아도 요즘 자기 자신이 보담의 대화 상대가 되지 않아 점점 자신감이 떨어지고 있었기 때문이다. 재석은 밤늦도록 뒤척이다 새벽녘이 되어서야 잠이 들었다.

재석은 아침부터 글쓰기 노트를 집어 들었다. 소설은 첫 문장부터 왕따 이야기로 시작하고 있었다.

나는 왕따다. 늘 그렇듯 처음부터 왕따인 사람은 아무도 없다. 고등학교에 진학해 반을 배정받을 때부터 나는 왕따라는 험난한 길을 걸었다. 담임은 작년에 부임한 교단 경험이 부족한 선생님이었다. 나는 적극적인 성격으로 아이들과 친하게 지내려고 아이들에게 먼저 인사하고 말을 건넸다.

그러나 고등학교 시절은 암울한 시절이라고 하지 않던가. 지나치게 명랑한 아이는 튀기 마련이다. 튀면 정을 맞게 되어 있다. 이것은 학교라는 야생의 세렝게티에서 통용되는 법칙이다. 어둠 속에 있던 누군가가 나를 노리고 있었다. 그들은 일진이었다. 그들 눈에는 내가 잘난 척하는 것으로 보였다. 그들에겐 지나치게 명랑한 것이 나대는 것이었고 까부는 것이었다. 언젠가 한 번은 밟아줘야 할 종이호랑이 같은 존재였던 것이다.

재석의 소설은 조금씩 진도가 나가고 있었다. 그러나 일진 서클에서 있었던 경험만 가지고 왕따 이야기를 쓰려니 쉽지 않았다. 재석은 김태호 선생을 찾아가 상담을 했다.

"선생님, 왕따를 소재로 소설을 쓰려니까 정말 어려워요."

"어떤 내용으로 쓸 건데?"

"왕따 당하는 아이가 현실을 이겨내는 내용으로 써야겠죠?"

"하하하!"

"아니 왜 웃으세요?"

"이 녀석아, 넌 왕따 당해 본 적 없잖아."

"맞아요. 하지만 왕따는 많이 봤죠."

"이 녀석아, 봤다고 다 쓰면 누구나 소설가가 되게? 네가 쓴 소설을 읽고 왕따 당했던 아이가 '아, 내 얘기구나. 어쩜 이렇게 내 심정을 잘 그렸냐'라고 느낄 수 있어야 그 글은 진정성이 있는 거야."

"아, 네."

"너도 재밌게 읽었던 소설 보면 어때? 네 얘기 같지 않아?"

"그, 그렇죠."

"그건 작가가 그만큼 잘 알고 썼기 때문에 그런 거야. 너도 잘 모르는 이야길 쓰면 그 이야기가 진정성 있게 전달되겠니?"

"아니요, 안 될 것 같긴 하네요."

"넌 예전에 애들이나 때리고 철없이 힘을 과시했던 문제아였잖아. 그러다가 반성하고 어떤 일을 계기로 이제는 모범생의 길을 가는 녀석 아니니?"

"네."

"그러면 네가 가해자 입장에서 글을 써야 더 잘 쓸 수 있지 않을까? 피해자 입장은 웬만해선 알 수가 없잖아. 사자가 물어뜯기는 사슴의 이야기를 쓰면 물어 뜯겨본 적이 없는데 그

고통과 아픔을 알 수 있겠니?"

"그, 그렇군요."

정말 쉬운 일은 하나도 없었다. 재석은 자신도 모르게 한숨을 내쉬었다.

"재석아, 내가 가장 잘 아는 걸 쓴다. 이걸 마음에 새기도록 해."

"알겠습니다, 선생님. 고맙습니다."

인사하고 상담실을 나오자 재석은 한숨부터 나왔다. 공부는 진작에 손을 놨고, 글 쓰고 소설 쓰는 것에 관심을 가지기 시작했지만 이 또한 쉬운 일이 아니었다. 답답한 마음에 병조에게 문자를 보냈다.

병조야 글 쓰는 게 어렵다
소설 한 편 쓰려다가
태호 샘한테 까였어

병조에게서 바로 답장이 왔다.

너 청소년문예에다
응모하려는 거지?
나도 쓰고 있어

그래?
네가 쓰면
나는 포기해야겠다

ㅋㅋ 그렇지 않아
어떤 심사위원이 어떤 글을
마음에 들어 할지는 알 수 없잖아
작년에 뽑은 글은 고등학교
여자아이 둘이 서로 사랑하는
동성애적인 내용이 뽑혔잖아
너도 열심히 써 봐

하긴 그랬다. 청소년문예는 심사위원에 따라 그해 심사 기준이 달라지곤 했다. 어떨 때는 지극히 교육적인 것이 뽑혔는데 그런 작품들은 십중팔구 재미가 없었다.

작년 작품이 가장 센세이션했다. 여고생 둘이 서로에게 사랑의 감정을 느낀다는 이야기였다. 신문에까지 기사가 났을 정도였다. 청소년기에 그런 감정을 한 번쯤은 경험할 수 있다는 청소년 학자나 심리학자들의 전문가적 소견이 더해져 그 작품은 더 많은 공감을 얻을 수 있었다.

부산의 어느 여고에 다니는 그 친구는 일약 스타가 되었다. 그 작품을 개작해 단행본 소설로 내서 많은 여자아이들이 사 보았다는 소문도 들었다. 은근 부러웠고 시기와 질투심도 일었다.

"그래, 나도 열심히 써 보자."

7
왕따 실태조사

이민정 선생 연구실은 희망연립주택 1층에 있었다. 화단에는 예쁜 꽃들이 만발해 있었고 특히 접시꽃은 얼마나 잘 자랐는지 보담이나 향금이보다도 더 키가 컸다. 연립주택은 비록 오래되고 낡았지만 103호 현관 나무에 새긴 '다솜 학교 폭력 연구소'라는 현판이 신뢰감을 주었다.

"야, 어서 벨 눌러 봐."

카메라를 들고 촬영하는 민성이 재석을 재촉했다. 두어 칸 계단 아래에는 향금이와 보담이 각각 꽃다발과 케이크를 들고 설레는 얼굴로 기다리고 있었다. 재석이 낡은 벨을 눌렀다. 오래된 음악이 흘러나오자 기다렸다는 듯 안에서 명랑한 목소리가 들렸다.

"재석 학생이에요?"

"네. 접니다."

재석이 대답하자마자 문이 벌컥 열리며 환하게 웃는 동글동글한 이민정 선생의 얼굴이 현관 밖으로 달덩이처럼 떠올랐다.

"안녕하세요! 제가 연락드렸던 황재석입니다. 김태호 선생님 소개로……."

"알아요. 어서 들어와요. 이 친구는 민성이, 저 아래 예쁜 여학생들은 향금이와 보담이죠?"

"네 맞습니다."

"안녕하세요?"

재석은 여자아이들은 왜 꼭 걸그룹처럼 합창으로 인사하는지 알 수 없었다.

"자 누추하지만 어서 들어와요."

신을 벗고 들어선 연구소는 깔끔했고, 거실 창밖으로 보이는 마당의 나무들은 싱그러웠다.

"연구소가 가정집이네요?"

"네. 어머니께서 이 집에서 오랫동안 사시다가 3년 전에 돌아가셨어요. 그래서 나에게 물려 주셨는데 내가 마침 학교를 그만두고 연구소를 운영하고 있어서 이 집으로 연구소를 옮겨 왔지요."

"아, 네."

"내가 사는 집도 여기서 멀지 않아요. 아침마다 여기로 출근하죠."

거실과 방안엔 교육과 문학, 사회, 경제 등 다양한 분야의 책들이 책장 가득 꽂혀 있었다.

"저, 이거 받으세요."

보담과 향금이 꽃다발과 케이크를 내밀자 이민정 선생은 환하게 웃으며 받았다.

"어머, 학생들이 무슨 돈이 있다고. 우리 같이 먹어요."

이민정 선생이 부엌으로 가서 접시를 챙겨 왔다.

재석이 일요일 오후 이렇게 이민정 선생을 찾아온 건 소설 때문이었다. 야심 차게 쓰던 소설이 시작한 지 얼마 되지도 않아 난관에 부딪혔던 것이다. 주인공도 잘 설정하고 사건도 잘 꾸몄다고 생각했는데 전혀 진전이 없었다.

"선생님, 소설이 점점 엉터리가 되어 가고 있어요."

재석이 김태호 선생에게 의논하자 소개해 준 사람이 이민정 선생이었다.

"내 대학교 동창인데 학교 교사를 하다가 지금은 연구소를 차린 친구가 한 명 있어. 다른 학교 폭력 담당교사 모임에서 다시 만났는데. 이민정 선생님이라고 해. 네가 왕따 이야기를 주제로 소설을 쓰고 싶다고 하니 이민정 선생님께 학교 폭력에 대해 여쭤보고 멘토링을 받으면 작품 쓰는 데 도움이 될 거야."

"아, 정말요?"

"그래. 그렇지 않아도 최근에 왕따 사건도 접해 보고 학교 폭력도 경험해 봤잖아. 이민정 선생이 좋은 이야기를 들려주고 시사점도 제공해 줄 거야."

"시사점이 뭐예요?"

"이런 녀석. 시사점은 암시, 또는 글이나 매체, 정보가 우리에게 보여 주는 바야."

그렇게 김태호 선생에게 이민정 선생을 소개받고 찾아온 거였다. 케이크를 나눠 먹으며 이민정 선생은 아이들에게 이것저것 자상하게 물어보았다. 재석은 그간 있었던 일들을 자세하게 이야기하였다. 그런데 이민정 선생은 석환이와 학생들 간의 의형제 문제, 그리고 그로 인해 엉뚱하게 영지가 자살시도를 한 것 등을 듣고도 별로 놀라지 않는 듯했다.

"그래서 재석 군이 궁금한 게 뭐지?"

이민정 선생의 말투는 자연스럽게 반말로 바뀌었다.

"저, 학교 폭력에 대해 어떤 시각을 가져야 할지 잘 모르겠어요. 김태호 선생님은 시사점이라고도 하셨는데, 그걸 알아야 제대로 된 소설을 쓸 수 있을 것 같아서요."

"학교 폭력의 시사점이 소설을 쓰는 데 필요하다니 내가 전반적인 걸 간략하게 설명해 줄게. 이웃 나라 일본은 우리보다 먼저 이지메가 성행했던 나라야. 그건 알지?"

"네."

"그런데 그 문제를 아직도 해결하지 못하고 있어. 이유가 뭔지 알아? 문제가 생기면 학생들을 전학시키는 거로 해결하려 했기 때문이야. 게다가 이지메 당하는 아이들에게 원인이 있고, 그들이 문제라고 생각해 버린 사회적 분위기 때문이기도 하지. 그러다 보니 당연히 피해자는 겁을 먹고 점점 더 깊이 숨어 버리는 거야."

"와, 정말요? 너무한 거 아닌가요?"

향금이 눈을 동그랗게 뜨고 물었다.

"일본은 우리나라만큼이나 집단 문화가 강하기 때문이야. 그래서 우리나라도 크게 다르지 않아. 학교 폭력이 벌어지면 학교 측은 왕따인 게 분명한데도 폭력이 아니라고 사건을 축소하거나 은폐하려 들지. 집단 폭행이 아니라 단순 폭행이라고 말이야. 우발적인 실수라고 하기도 하고. 현장에서 보면 책임져야 할 학교나 어른들이 왕따 당하는 학생을 보호해 주거나 그들의 권리를 지켜주지 못하고 있어."

"그럼 우리는 어떻게 해야 하죠? 학폭위를 열면 불이익을 받는다고 하고, 힘 있는 아이들을 형사고발할 수도 없는 노릇이잖아요."

보담이 냉철하게 물었다.

"응, 좋은 질문이야. 일단은 우리 사회에서 왕따나 학교 폭력을 심각한 사회문제로 인식해야 해. 최소한 학교가 위험한 곳이어선 안 되잖니? 학교에 가느니 죽고 싶다는 생각이 들지는 않게 해 줘야 할 것 아냐!"

쉬운 표현이었지만 가슴을 때렸다. 그 느낌이 어떤 것인지 네 아이는 영지 일로 인해 조금은 알 것 같았다. 분위기가 숙연해졌다.

"그리고 학교 폭력이 발생하면 힘을 합쳐 원인을 파헤쳐서 규명하고 해결해야 하는데 관계자들은 개선의 의지가 없고, 담당 교사에게만 무거운 책임을 지우고 있지."

보담이 다시 물었다.

"어쩌면 어른들이 이 문제를 잘 모르기 때문 아닐까요?"

"맞아. 어른들은 왕따와 폭력 메커니즘에 대해 잘 모르고 있어. 자칫 사건에 잘못 연루되었다가는 가해자가 피해자가 되기도 하고, 피해자가 가해자가 될 수도 있거든. 예민한 시기의 아이들이라 자칫 잘못하면 한 사람의 생명을 잃게 할 수도 있고."

재석이 고개를 끄덕이며 씁쓸하게 말했다.

"제가 선불리 소설을 쓰겠다고 나선 건 무모한 짓이었네요. 무식하면 용감하다더니."

"호호호! 아니야, 그렇진 않아. 재석이 같이 관심을 갖는 학생이 많아져야 이 문제가 해결되지. 최소한 문제 해결을 위해 고민하는 학생이 한 명은 있는 거잖아."

"그럼 근본적인 해결책은 뭐예요? 소설로 제시할 수 있을까요?"

"글쎄? 교실이 어떤 사회인지부터 먼저 고민해 봐야겠지."

그런 고민을 해 본 적 없는 재석의 머리가 하얗게 변하고 있을 때 보담이 말했다.

"요즘 학교는 마치 계급사회 같아요. 부잣집 아이와 가난한 집 아이, 공부 잘하는 아이와 못하는 아이, 힘센 아이와 약한 아이."

"맞아. 교실은 어느새 우리 어른들 사회와 비슷해졌단다. 그것부터 바꿔야 해. 학생 때는 수직적이고 위계질서에 의한 줄 세우기가 아닌 동등하고 평등한 인간관계를 경험해 봐야 해. 교복을 입는 이유가 뭐겠니? 빈부차나 지나친 개성보다는 동등하고 평등한 관계를 학습하자는 의도가 여기에 있거든. 쓸데없는 것에 집중하지 말고 학업에 열중하라는 의미도 있지만. 물론, 그래서 집단주의적 사고방식을 심어 준다는 말도 있지만 말이야. 교복이 없으면 어떻게 되겠니? 부잣집 아이는 명품 옷과 가방, 운동화로 온몸을 두르고 등교할 테고, 그러면 가난한 집 아이는 상대적 박탈감을 경험하게 되지 않겠어?"

"아, 교복을 입는 것에도 그렇게 깊은 뜻이 있었군요?"

"아이들만이라도 서로 차별하거나 군림하지 않는 평등한 사회, 평등한 교실을 만들자는 게 우리 깨어 있는 교사들의 꿈이야. 그러기 위해서는 학교와 선생님과 학생, 그리고 부모가 모두 협력해야 해. 그런데 모두 공감은 하지만 어떻게 해결해야 할지는 잘 알지 못하는 듯해."

향금이 말했다.

"리포트 영상을 보면요. 제일 중요한 게 통계던데요. 자료 수집을 해야 하니까요. 예를 들면 학교 급식에 대해 리포트하려면 한 달 동안 무슨 반찬이 몇 번 나오고, 메뉴가 무엇이었는지 알아야 문제를 파악할 수 있거든요. 왕따도 그렇게 접근해야 하지 않을까요?"

"어머!"

이민정 선생이 눈을 동그랗게 뜨며 향금을 바라봤다.

"향금이가 리포터를 꿈꾸는구나. 맞아. 문제 해결을 위해선 실태 파악이 가장 중요해. 내가 한 가지 질문해 볼게. 재석이네 학교랑 보담이네 학교엔 왕따가 각각 몇 명이나 있는 것 같아?"

"……."

순간 네 아이는 꿀 먹은 벙어리가 되고 말았다. 그런 생각은 해 본 적이 없었기 때문이다. 재석은 각반에 누가 군림하나 머릿속으로 계산했다. 대여섯 명은 되는 것 같았지만 그건 가해자가 될 가능성이 있는 아이들이지 피해자 수는 결코 알 수 없었다.

"잘 모르겠어요. 너희 학교는 몇 명이나 돼?"

"모르겠어."

보담이와 향금이 다시 걸그룹처럼 동시에 고개를 저으며 대답했다.

"선생님, 왕따라는 것도 정도의 차이가 있을 테고요, 당하는 아이의 상태에 따라 같은 상황이라 해도 왕따라고 생각하지 않을 수도 있을 것 같아요."

보담이 자기의 생각을 논리적으로 밝혔다.

"아무튼, 너희들은 모른다는 거지?"

"네."

"모르면서 어떻게 대책을 마련하겠니?"

이민정 선생은 빙긋 웃으면서 아이들 입에서 다른 대답이 나오길 기다렸다.

그 순간 재석의 눈에서 불꽃이 번쩍 튀었다.

"선생님, 그거예요!"

"뭐?"

"애들이 대놓고 말을 못 하고 용기를 못 내니까 우리들이 중심이 되어서 실태조사를 해 보면 어떨까요?"

"애들한테?"

"네."

그러자 민성이 만류하고 나섰다.

"야, 우리 학교 애들만 해도 천 명이 넘는데? 그걸 다 어떻게 하냐?"

"야, 천 명이 별거냐? 문항을 만들어 A4용지에 출력해 나눠줘서 익명으로 우편이나 혹은 메일로 받으면 되잖아. 김태호 선생님 같은 분이 도와주시면 수업 시간에 잠깐 설명할 수도 있을 테고."

재석은 후끈 달아올랐다.

"호호호! 빙고!"

이민정 선생이 손뼉을 치며 웃었다.

"왜 그러세요?"

"재석 군 같은 단무지도 가끔은 필요하다는 생각이 들어서."

"단무지가 뭔데요?"

그러자 향금이 잘 안다는 듯 웃으며 말했다.

"뭐긴 뭐야. 단순하고 무식하고 지랄 같은 너 같은 애 얘기하는 거지."

"뭐라고?"

향금의 농담에 재석이 살짝 인상을 찌푸리자 이민정 선생이 나섰다.

"미안, '지'자는 빼기로 하자. 얘들아, 먼저 실태조사부터 해 보는 게 좋을 것 같아. 너희들 학교로 돌아가서 각자 조사해 보렴."

"네, 당장 해 볼게요."

재석이 의욕을 보였다.

"호호, 돌아가서 서로 논의해서 문항도 만들고, 실행 계획도 짜서 잘 준비해 봐."

이민정 선생은 그 뒤로도 여러 가지 주의사항과 대처 방안

등을 말해 주었다. 아이들은 두 시간 넘게 이야기를 나누며 자신들이 해 볼 실태조사로 가슴이 설레었다. 물론 중간중간 이민정 선생이 조언해 주었지만 그건 어디까지나 아이들의 생각이 막히면 물꼬를 터주는 정도였다.

재석과 민성은 월요일에 김태호 선생을 찾아가서 주말에 이민정 선생에게 멘토링 받은 내용을 이야기했다.

"선생님, 그래서 저희가 왕따와 학교 폭력에 대한 실태조사를 해 보려고요. 당장 오늘부터 시작할 생각이에요. 선생님께서도 국어 시간에 아이들에게 실태조사서 작성하라고 해 주세요."

"저는 그걸 동영상으로 찍을 생각이에요. 이거 대박이에요. 지금까지 이런 다큐멘터리는 없었거든요."

"근데, 돈이 좀 들겠죠? 설문지 복사하고 홍보 포스터도 제작하려면 말이에요."

김태호 선생은 재석과 민성이 흥분한 모습을 흐뭇한 표정으로 바라보더니 진정부터 시켰다.

"애들아, 워워! 안 그래도 왕따 예방기금으로 교육청에서 백만 원 나온 게 있는데 우선 그걸 일부 써 보자."

"정말요?"

둘은 뛸 듯이 기뻤다.

"응. 이민정 선생이 어제 너희들끼리 뭔가 해 보려 한다고 문자 주셨어. 학교에서 도와줄 방법이 없겠냐고 그러더라."

"야! 대박!"

"짱이다!"

기뻐 어떨 줄 모르는 둘을 진정시키며 김태호 선생은 구체적인 실천사항을 일러줬다.

"그걸로 문안 개발을 하고 아이들 몇 명에게 샘플 삼아 설문을 해 보고 뭐가 문제인지 테스트한 후 제대로 설문조사를 해 봐. 인쇄도 예쁘게 하고 설문조사에 응답하는 아이들에게 기념품도 줘야 하겠지만 백만 원 정도면 충분할 거야."

"출력하고 인쇄하는 거야 종이만 있으면 되고, 기념품으로 호루라기를 하나씩 줄까요?"

"호루라기?"

"왕따 당할 때 호루라기 불라고요."

"야야! 호루라기는 여자애들 밤거리 다닐 때나 필요한 거고! 볼펜 같은 거 하나씩 주면 되지. 문안을 어떻게 만들지나 잘 궁리해 봐. 나도 좀 연구해 볼게."

그렇게 해서 설문지가 나왔다. 왕따를 찾아내기 위해서라기보다는 왕따를 당하는 아이들의 실체를 알기 위한 설문이었다. 설문 내용을 정하기 위해서 네 아이는 관련 서적과 인터넷 등을 샅샅이 뒤지고 이민정 선생의 조언도 여러 차례 구했다.

이 설문은 학교 폭력과 왕따를 예방하고 학교생활에서 남에게 털어놓지 못한 이야기를 솔직하게 털어놓기 위한 조사입니다. 무기명으로 자료로써만 사용할 것이니 거짓 없이 기록해 주세요.

1. 당신은 (   )학년이며 성별은 (남 여)입니다.
2. 최근에 친구나 선배에게 폭행을 당하거나 따돌림당한 적이 있나요?
3. 있다면 왕따나 괴롭힘당한 사실을 간략히 서술해 주세요.
4. 왕따나 폭행을 당한 곳은 어디인가요?
5. 가해자는 누구인가요? 가해하거나 동조한 사람을 모두 다 쓰세요.
6. 왕따나 폭행을 당했을 때의 느낌은 어땠나요?
7. 친구가 왕따나 괴롭힘을 당하는 걸 보았을 때 어떤 행동을 취했나요?
8. 왕따나 괴롭힘이 없어지려면 어떻게 해야 할까요?
9. 우리 학교에 왕따나 일진 조직이 있나요? 있다면 누가 주동

자인가요?

10. 학교 폭력과 왕따 예방을 위해 우리 학교에서 실행할 수 있는 좋은 아이디어를 써 주세요.

"자자! 얘들아, 주목해라."

쉬는 시간 1학년 교실은 시끄럽고 정신이 없었다. 여기저기 소리 지르고 뛰어다니는 녀석들로 가득했다.

하지만 재석이 나타나자 모두 관심을 보이며 고개를 돌렸다. 불량 서클을 나오긴 했지만 재석을 모르는 아이가 전교에 한 명도 없었기 때문이다.

"학교에서 왕따 실태조사를 하고 있어. 너희들 5분만 시간 내서 이 설문지에 체크해 주면 좋겠다. 이름은 쓸 필요 없고, 여기에 쓴 건 철저히 비밀을 보장해 줄 테니까 걱정하지 말고 작성해 줬으면 좋겠어. 설문지를 작성한 친구에겐 기념품으로 볼펜을 줄 거야."

재석은 교탁에 서서 1학년 아이들에게 실태조사에 대해 설명했다. 그 사이 민성이 옆에서 설문지와 볼펜을 하나씩 돌렸다.

"이게 뭐야?"

"아, 귀찮은데."

시큰둥한 반응을 보이는 녀석들도 있었지만 설문지를 받더니 책상에 엎드려 남이 볼세라 손등으로 가리면서 진지하게 쓰는 아이도 있었다. 또 어떤 녀석은 주변 눈치를 보느라 쓰지 못하고 있었다.

"지금 쓰지 않아도 돼. 나중에 써서 상담실 의견함에 넣거나 학교 홈페이지에도 설문조사 항목이 있으니까 작성해서 익명으로 게시판에 올려도 돼. 그리고 우리 학교 밴드나 톡방에도 이 설문 내용이 올라가 있으니까 나에게 언제든지 톡으로 쏴줘도 되고. 비밀은 절대 보장할게."

재석이 다양한 접수 방법에 대해 설명했다.

설문은 5분이면 쓸 수 있도록 짧게 구성되어 있었기에 몇몇 아이들은 재빨리 써서 재석에게 주고 교실을 나갔다. 개중엔 가방이나 책상서랍에 설문지를 집어넣는 아이들도 있었다. 재석은 실망하지 않고 나중을 기약하는 것이라 여겼다. 재석과 민성은 쉬는 시간마다 반별로 다니면서 실태조사 용지를 돌렸다.

며칠 뒤 조금씩 쌓여가는 설문지를 보며 재석은 문득 뿌듯함을 느꼈다. 카톡으로 온 건 그때그때 출력해서 모았고, 상담실 의견함에 넣은 것들도 수시로 걷어 왔다.

며칠 뒤 실태조사를 마감했다. 뜻밖에 학생들 반응이 좋았다. 10%도 안 걷힐 줄 알았는데 반 가까이 수거되었다. 실태조사서는 상담실 김태호 선생의 책상 위에 수북하게 쌓였다. 수백 장이 넘는 설문지를 다 읽고 나서 김태호 선생은 특별활동시간에 민성과 재석을 불렀다.

"애들아, 수고 많았다."

"결과가 어떻게 나왔어요?"

재석이 그 누구보다 궁금해했다.

"정확한 통계는 아직 안 냈는데 대충 보니까 역시 알면서도 모르는 척하는 방관자적인 태도가 가장 문제더구나."

"그렇죠!"

"그리고 우리 학교에서도 왕따를 경험했거나 목격한 아이들이 상당히 많다는 걸 알 수 있었어."

"그것 보세요. 정도의 차이는 있지만 생각보다 많다니까요."

민성이 그럴 줄 알았다는 듯 말했다.

"이걸 해결하려면 결국은 다수가 나서야 해."

일진들이 제일 두려워하는 것은 사실 다수의 학생이었다. 일진이 아무리 많다 해도 십여 명 이십여 명 안팎인데, 결국 대다수가 들고일어나면 꼼짝없이 무너질 것이 뻔했다.

"일진은 침묵하는 대중 위에서 군림하는 기생충이에요."

민성이 말했다.

"그런데 선생님, 이렇게 설문조사만 했는데도 학급에서 설치던 아이들 기가 약간 죽었어요. 그렇지, 재석아?"

그건 사실이었다. 실태조사가 시작되었다는 사실만으로도 폭력 행위가 잠잠해진 듯했다. 학급에서 군림하던 녀석들이 슬슬 학급 아이들 눈치를 보기 시작한 거다.

"그래? 분위기가 좀 달라진 것 같지?"

"네, 선생님. 이번에 확실하게 잡아내서 다시는 일진이라든가 왕따 같은 말이 안 들리게 해야 해요."

재석의 강경 발언에 민성도 고무되었다.

"선생님, 침묵하는 다수를 웅변하는 다수로 만들어야 합니다."

"웅변하는?"

"저항하는도 괜찮고요."

재석은 상상해 보았다. 누군가와 싸우거나 약자를 괴롭히는데 갑자기 모든 아이들이 일어나서 그만하라고 손가락질하는 모습. 상상만으로도 정말 짜릿했다.

"왕따 근절을 위한 캠페인을 벌이는 건 어떨까? 익명으로 활동할 왕따 근절 서포터즈도 모집하고 말이야."

"좋은 아이디어예요. 선생님, 옛날에 제가 미군들 모집하는 포스터 봤더니 엉클 샘이 손가락을 내밀면서 '당신을 필요로 합니다' 이랬더니 군인들이 막 지원해서 전쟁에 나갔다고 하더라고요."

"그래그래."

"우리도 그런 포스터 하나 만들면 될 거 같아요."

"그래 한번 만들어 봐라. 캠페인 포스터도 잘 기획해 보고."

"네, 선생님!"

절대 빠질 수 없다는 듯 민성이 끼어들었다.

"영상은 저에게 맡겨 주세요."

"익명의 서포터즈들에게 왕따 제보를 받으면 학생주임 선생님들이 명단에 올라온 놈들을 불러다 1차 경고를 할 거다."

김태호 선생은 좋은 기회를 잡았다는 듯 힘주어 말했다.

이렇게 해서 그들은 캠페인을 시작하게 되었고, 사진을 찍고 동영상을 만들었다. 그리고 왕따 없애기 홍보 포스터를 만들기에 이르렀다.

다른 것은 다 순조로웠는데 문제는 포스터 디자인에서 발생했다. 디자인 회의를 할 때 재석은 아이들이 몰려 있는 무리에서 한 아이가 따로 떨어져 나와 있는 디자인을 고르자고 주장했다

"이 그림이 왕따와 폭력을 제일 잘 표현한 것 같아."

그러나 보담은 반대했다.

"이건 한참 생각을 해야 하잖아. 포스터는 즉각적으로 행동하게 해야 해."

"그렇다고 엉클 샘처럼 만들 수는 없잖아?"

공부방에 먼저 도착한 두 아이는 이렇게 티격태격하고 있었다. 재석은 비유와 상징이 들어 있는 포스터를 만들자는 거였고, 보담은 직설적이고 단도직입적인 포스터를 만들자는 거였다.

그때 공부방으로 향금과 민성이 들어왔다. 물건 살 게 있다며 둘이 만나서 늦게 온 거였다.

"야야! 대박 사건! 대박 사건!"

민성이 호들갑을 떨었다.

"뭔데?"

"오다가 백의고등학교 다니는 초등학교 동창을 만났거든!"

"뜸 들이지 말고 빨랑 말해."

"그 학교에서도 실태조사를 했대."

"그런데 뭐?"

"이것 좀 봐 봐. 실태조사 문항지야."

민성이 문항지를 찍은 사진을 보여 주었다. 그런데 놀랍게도 백의중학교와 백의고등학교의 실태조사 문항은 재석이네가 한 설문보다 더 자세하고 항목도 많았다.

무려 20개 항목이나 되었고 꽤 자세했다. 재석이네 일행이 묻지 않은 내용도 몇 개 첨가되어 있었다.

*학교 부근의 가게나 문구점에서 물건을 훔치거나 기물을 파괴한 학생을 본 적이 있으면 육하원칙에 맞게 쓰시오.

*패거리를 몰고 다니며 위압적으로 친구들에게 겁을 준 학생이 있다면 쓰시오.

*학교에 요청할 게 있으면 무슨 이야기든 좋으니 자유롭게 쓰시오.

**여기에서 밝히지 못한 내용이나 의견이 있을 경우 학교 폭력 신고함, 학교 홈페이지 비밀게시판, 학교 상담실이나 교장 선생님께 문자나 카톡을 보내 주세요. 백의중고등학교는 신고한 학생에 대한 비밀을 철저히 지키고 보호할 것을 약속합니다.

"이걸 정말 백의고등학교에서 했단 말이야?"

"응. 우리 학교에서 실태조사를 했다는 소문이 쫙 퍼졌나 봐."

향금이가 덧붙였다

"재석아, 인근 학교들에서도 실태조사를 하고 있대."

"어머, 멋지다."

보담은 매우 기뻐했다.

"일진들은 물론 왕따를 주도했던 아이들이 지금 모두 움츠러들었대."

그건 사실이었다. 마치 폭풍우가 몰아치자 산짐승들이 굴속에 은신하듯 일대의 일진 조직들이 숨을 죽이고 있었다. 인근의 상천중, 백화고, 경석중고등학교 등에서는 실태조사로 일진 조직을 파악해 처벌하고 주동자는 전학조처를 취했다는 소문도 돌았다. 교실에서 기를 못 폈던 아이들이 마치 해방을 맞은 조선인들처럼 밝은 햇살 아래서 굽어진 허리를 세우기 시작했다. 자발적인 실태조사가 이런 위력을 가져올 줄은 꿈에도 몰랐던 재석과 아이들이었다.

그제야 공부방 분위기를 파악한 향금이 물었다.

"너희들은 왜 다투고 있었어?"

"응, 포스터 시안 때문에."

두 아이는 어떤 것이 더 좋은지를 향금과 민성에게 피력했다. 향금과 민성은 보담이 편이었다.

"야, 포스터라는 게 지나가다가 봐도 눈에 확 띄어야 하는데 재석이 네 시안은 한참 들여다봐야 하잖아."

“맞아. 포스터는 좀 강력해야 해. 그냥 손바닥 쫙 펼치면서 ‘왕따 그만해!’ 이건 어때?”

“그거 좋은데!”

결과는 3대 1이었다. 재석은 승복할 수밖에 없었다. 그렇게 해서 재석이 손바닥을 쫙 편 사진을 찍고 조금 뒤에서 보담과 향금과 민성이 조연처럼 함께 손바닥을 편 장면을 찍어서 글자를 집어넣는 것으로 포스터는 마무리됐다. 포스터는 강렬한 인상을 주었다. 무엇보다도 재석이 얼굴을 찌푸리며 단호하게 노려보는 모습이 서늘하면서도 믿음을 줬다.

각자 이 포스터를 붙이고 다니며 아이들에게 나누어 주었다. 인근에 있는 학교 요소요소에도 붙였다. 포스터 제작비용은 부라퀴 할아버지께서 후원해 주셨고, 학생들이 십시일반 모금을 해 충분했다. 뜻밖에 모금은 잘 되었고 준석이 어머니 민 대표가 백만 원을 후원해 줘 추가 제작까지 했다. 그래서 서울 시내 곳곳, 학생들이 자주 다니는 곳에도 붙일 수 있었다.

8
토요일 오후의 대사건

토요일 오후에는 엄마가 하는 식당에 손님이 항상 많다. 바쁠 때면 재석도 한두 시간 홀서빙을 했다. 식당은 유명한 블로거들에 의해 유명해졌다. 엄마의 손맛처럼 맛있는 음식이 나온다는 게 유명해진 이유다. 살림 못 하는 새댁들이 엄마가 해 준 해장국이나 가정식 백반 반찬들을 사 가는 일도 많았다. 또 인근 대학생 자취생들에게 인기가 많아 주말에도 바빴다.

"여기요, 반찬 좀 더 주세요."

"네, 갑니다."

재석은 검은색 앞치마를 두르고 토요일 오후와 저녁 시간 내내 엄마를 도와 식당에서 서빙을 했다.

"재석아, 인제 그만 들어가서 공부해."

주방에서 요리를 하던 엄마는 걱정스러운 눈빛으로 재석을 불렀다. 그 눈빛에는 아들이 이제 다 커서 엄마 식당 일을 도와준다는 자랑스러움도 조금은 섞여 있었다. 설거지하는 주방 아주머니가 말했다.

"엄마 도와주는 효자한테 왜 그래? 놔둬. 요즘에는 공부도 열심히 한다며."

대화가 이어지기 힘들 정도로 비좁은 식당은 사람들로 꽉 차 있었고 바깥에는 커플 서너 명이 줄까지 서 있었다. 토요일 저녁만 되면 이렇게 손님들이 몰려들었다.

"아, 옆에 있는 오래된 철길을 공원으로 만들었더니 이 동네가 이렇게 붐비네."

재석은 손님이 나가면 부지런히 테이블을 닦고 반찬 세팅을 했다. 이제 그 정도는 몸에 익어서 숙달된 조교처럼 잘할 수 있게 된 재석이었다.

그때 전화벨 진동이 울렸다. 낯선 번호였다.

"여보세요?"

"형! 저 혁춘인데요."

"혁춘이가 누구지?"

재석에게 형이라고 부르는 아이들이 수없이 많았기 때문에 이름만 듣고는 누군지 알 수 없었다.

"저 준석이 친구요. 지난번 놀이터에서 만났던 준석이네 학교 5학년 형이요."

듣고 보니 목소리가 기억났다.

"아니, 네가 나한테 어쩐 일로 전화를 했냐?"

놀이터까지 찾아와 함께 사진을 찍고 했던 기억이 되살아났다.

"형, 큰일 났어요!"

"무슨 일인데?"

"준석이가 잡혀갔어요!"

"뭐? 어디로? 왜?"

"저기, 석환이 형네 일진들이……."

"지금 어딘데?"

석환이라는 단어는 재석의 머릿속에 빨간불이 들어오게 하는 스위치와 같았다.

"저, 학원에서 나오는데 중학생 형들이 잡아갔어요."

"그게 정말이야? 어디로?"

"오늘 물갈이가 있다 그러더라고요."

물갈이는 일진들끼리 모여서 주먹으로 서열을 정하는 행사다. 다들 지켜보는 가운데 정해진 룰로 치고 박고 싸우기 때문에 흡사 맹수들의 서열 경쟁과도 비슷했다.

“거기가 어딘데?”

“형 아세요? 수봉나이트라고.”

“수봉나이트?”

“네.”

재석은 일진들이 나이트클럽 같은 곳을 빌려서 자기들끼리 물갈이 행사를 한다는 말을 들어본 적이 있다. 수봉나이트도 어디서 많이 들어본 곳 같았다.

“형, 수유리에 있대요.”

그 말을 듣자 지난 기억이 환하게 되살아났다.

“알았어. 내가 가 볼게. 넌 꼼짝 말고 거기서 기다려.”

“네, 형.”

재석은 앞치마를 벗어 엄마한테 주며 말했다.

“엄마, 저 가 볼게요.”

“그래. 집에 가서 공부 좀 해.”

엄마는 손님 받느라 정신이 없었기에 재석의 표정이 굳어 있는 것을 발견하지 못했다. 재석은 황급히 가게를 나서며 민 대표에게 전화를 걸었다. 하지만 신호만 갈 뿐 민 대표는 전화를 받지 않았다. 할 수 없이 재석은 민성에게 전화를 걸었다.

"민성아, 지금 준석이가 잡혀갔대."

"어디로? 무슨 소리야? 그 초딩이 왜?"

"석환이네 일진 애들이 끌고 간 모양이야. 수봉나이트라고 그러는데?"

"수봉나이트? 거기 병규랑 기명이 형이 옛날에 알바하던데 아냐? 웨이터 하던데!"

순간 기억이 떠올랐다. 재석의 라이벌이었던 병규가 수유리에서 나이트클럽 삐끼와 웨이터를 하고 있을 때 만났던 기억이 되살아났다. 나이트클럽 패거리 싸움에 끼어들어서 다쳤던 아픔도 함께.

"맞다. 나 지금 그쪽으로 준석이 구하러 가고 있어."

"야, 걔 엄마한테 전화부터 해야 하는 거 아냐?"

"전화를 안 받으셔. 일단 내가 가서 상황을 보고 다시 연락하려고. 지금 거기로 끌려갔다고 나도 듣기만 한 거라 우선 확인부터 해야 해. 사실인지 아닌지."

"야, 나도 같이 가."

역시 민성은 의리 있는 친구였다.

"나 지금 대학로거든. 수유리로 바로 갈게."

"그래, 그럼 빨리 와. 나도 택시 타고 갈게."

토요일이라 길이 막혔다. 차 안에서 재석은 준석이가 걱정돼 몸이 달았다. 일진들이 돈을 걸어서 상납하고 물갈이 행사도 한다는 이야기는 들었지만 실제로 그런 짓을 하리라고는 예상하지 못했다.

석환이가 인근에 있는 수많은 학교의 최고 일진이 되었다는 것은 결국 그가 최상위 포식자라는 의미였다. 아이들이 일진을 두려워하면서도 부러워하는 이유는 조직 안에 들어가면 보호를 받고 자기를 대신해 다른 아이들과 싸워주기도 하며 방어막 역할을 해 주기 때문이다.

재석은 제발 준석이가 다치지 않기만을 바랐다.

'때릴 데도 없는 그 어린 녀석을 왜 데려간 거지?'

물갈이는 작게는 몇몇 아이들이 모여 서로 치고받는 경우가 많았다. 일진 녀석들은 이벤트를 좋아했다. 이런 이벤트를 통해서 자신들의 힘을 과시하고 싶어 했다. 철이 없는 아이들은 그게 세상의 전부인 줄 알았다.

대개 새 학기가 되면 물갈이를 하는데 학교에서 일진 선배들이 신입생들을 골라 물갈이를 통해 서열을 결정한다. 인근 학교의 신입생들을 모아 놓고 고등학교는 중학교 때의 전력을, 중학교는 초등학교 때의 전력을 비교해 서열을 정하는 거다. 동기끼리 서열이 정해지지 않을 때는 공원이나 산 같은 데 가서 맞짱을 뜨기도 한다. 일대일로 맞짱을 떠서 승패가 갈리면 바로 권력 서열이 확정된다.

서열이 확정되면 그때부터 돈을 걷고 삥을 뜯는 일이 시작된다. 선배 말에 무조건 복종하는 것은 일진들의 원칙이다. 선배들은 끊임없이 자신들의 생일날이나 기념일을 맞아서 돈을 걷어 상납하도록 만들고, 길거리에서 삥을 뜯거나 피시방에서 아이들에게 돈을 뺏기도 한다. 술을 마시고 담배를 피우는 것은 기본이고 돈이 모자랄 경우에는 도둑질도 서슴지 않았다.

이윽고 택시는 수유리 수봉나이트 앞에 멈춰 섰다.

민성이 먼저 도착해 있었다.

"재석아."

"응, 왔구나."

"대학로에서 영상 스케치하다가 바로 달려온 거야. 지금 여기 심상치 않아."

"그래?"

"저녁 영업 전까지 아이들이 빌린 모양이야. 입구에서 눈에 불을 켜고 초대장이랑 얼굴을 일일이 확인하고 있어."

"그럼 우린 들어갈 수가 없잖아."

"한 열 개 학교는 모인 거 같아."

"정말이야?"

"응. 이 동네 짱이 석환인 모양이야. 그 녀석 생각보다 파워가 대단한데!"

갑자기 두려움이 밀려왔다. 처음 느껴보는 두려움이었다. 한 번도 누군가와의 맞대결에서 겁내 본 적 없는 재석인데 얼굴 하얗고 전교에서 1등 한다는 석환이 두려운 존재로 느껴졌다. 열 개 이상의 학교 아이들을 일사불란하게 모을 수 있다는 것은 주먹이나 돈, 권력만으로 되는 게 아니었다.

"오면서 여기저기 아이들한테 전화를 걸어서 확인해 봤어. 그랬더니 이 동네 학교들 완전히 난리가 났대."

"왜? 뭐 때문에?"

"우리가 한 실태조사 때문에. 아이들이 다 써낸 거지. 백의중고등학교는 물론이고 다른 학교들과의 연결고리까지 다 밝혀진 모양이야."

재석은 머릿속이 환해지는 느낌이었다. 바로 그 때문이었다.

"학교에서 깡그리 불러서 징계 먹인 모양이야. 석환이는 워낙 집안이 돈도 많고 힘도 세서 대놓고 뭐라고는 못 하고 전학 가라고 했대. 원정이라는 놈도 다른 학교로 전학 갔고."

재석은 그제야 모든 것이 이해가 되었다.

"모든 원인이 준석이 때문이라고 생각한 모양이구나."

재석은 실태조사의 위력이 이렇게까지 클 줄 몰랐다. 상황이 파악되자 준석이가 더 걱정되었다.

"어떻게 들어가지? 정면승부할 순 없잖아."

"지금 들어갔다간 애들 전부 다 쏟아져 나올걸? 우리 둘밖에 없는데 승산 없어."

"큰일이네. 일단 준석이가 저 안에 있는지 확인을 해야 준석이 엄마에게 전화를 걸어 도움을 요청할 텐데."

방법이 없었다. 안에서 음악이 흘러나오는 것을 보니 그들의 축제는 이미 시작된 듯했다.

"재석아, 여기 옛날에 병규랑 기명이 형이 아르바이트하던 데 아냐?"

민성이 좋은 생각이 떠오른 듯 눈을 반짝이며 말했다.

"맞아. 기명이 형이 이곳 수봉나이트 웨이터였어."

"그럼 기명이 형한테 어떻게 하면 안으로 몰래 들어갈 수 있나 물어보자."

"나 번호 없는데……."

"내가 전화해 볼게."

재석은 핸드폰을 바꾸는 바람에 기명이 형 전화번호가 없었지만 민성은 알고 있었다.

"야, 너 그 번호 아직도 가지고 있냐?"

"야야, 피디가 되거나 감독이 되려면 인맥과 의리가 좋아야 하는 법이야. 어떤 장면 찍을 때 누가 어떤 도움을 줄지 모르는 거거든. 나는 전화번호 절대 안 지워, 인마."

"그래, 빨리 전화나 해 봐."

민성이 전화를 걸고 한참 뒤에야 기명이 전화를 받았다.

"여보세요오?"

말을 길게 뽑아 느릿느릿 이야기하는 목소리가 들렸다.

"형, 저 민성이에요."

기명은 잠시 기억을 떠올리는 듯했다.

"형, 저 병규랑 재석이 친구 민성이요."

"어, 민성아아! 오랜만이다아 이 자식아아!"

"형, 잘 지내시죠? 지금 좀 급해서 그러는데요. 뭐 하나 물어볼 게 있어서 전화했어요. 여기 수봉나이트에 문제가 좀 있어서 들어가려고 하는데……."

"수봉나이트 아직 안 열었을 텐데에? 토요일 오후라서어 이이따가 5시나 되야 열어어. 무슨 문젠데에?"

"일진 애들이 여길 빌렸나 봐요."

"아아, 내가 거기 나이트클럽 다닐 때도 가끔 낮에 아이들이 일일 찻집 한다고 빌린 적 있었어어. 그 새끼들 찻집 한다는 놈들이 끝나고 가 보면 소주 맥주 디립다 처먹고 토하고오…….”

“아, 형. 알았고요. 여기 정문 말고 들어가는 다른 통로 또 있어요?”

“응. 수봉나이트 옆에 보면 대한증권 건물 있지이?”

“네.”

“거어기 식당으로 웨이터들이 다니는 연결통로가 있어. 증권회사 같은 층에 쪽문을 터놓았어어. 앞에선 안 보이지이. 그리로 가수들도 드나들어어. 그 두 건물 모두 한 사람이 주인이라서 그렇게 했다나 봐아.”

“정말요?”

“응. 그리 가 봐아.”

“고마워요, 형.”

고급 정보였다. 두 아이는 옆에 있는 증권회사 건물로 들어갔다. 증권회사는 토요일 오후라 그런지 한산했다. 4층으로 올라간 뒤 복도로 나오자 정말 연결통로가 보였다.

“민성아, 들어가자.”

“응.”

통로는 커튼으로 가려져 있었다. 주류나 식재료를 공급하는 사람들이 드나드는 곳이라 그런지 지저분했다. 맥주와 소주 박스들이 천장까지 높이 쌓여 있었다. 음악 소리가 요란하게 들리는 쪽으로 들어가자 나이트클럽 안이 보였다. 깜깜한 칠흑 속에서 음악과 함께 조명이 빙글빙글 돌아가고 있었다. 원형극장 식으로 테이블이 마련되어 있는 나이트클럽은 이미 분위기가 후끈 달아올라 있었다. 사복을 입은 중고등학교 학생들로 가득 차 있었는데 그들은 술을 마시고 있었다. 일부는 무대 위로 나가 조명 아래에서 춤을 췄다.

"헐!"

재석은 입이 딱 벌어졌다. 말로만 듣던 일진들 모임이었다.

"야, 이 이게 학생들 맞아?"

재석과 민성은 조명이 꺼져 어두컴컴해지는 순간 슬그머니 들어가서 홀 한쪽 귀퉁이에 자리를 잡았다. 얼추 살펴봐도 오백 명은 넘을 것 같은 아이들이 놀고 있었다. EDM 음악을 디제잉 하는 녀석까지 있었고, 분위기만 보면 성인 클럽이나 마찬가지였다.

"재석아, 저기!"

민성이 가리킨 곳을 보니 조명이 쏟아지는 한가운데 위아래로 하얗게 옷을 입고 하얀 스냅백을 삐딱하게 쓴 석환이 앉아 있었다. 얼핏 봐도 모두가 집중할 수 있게 자신을 향해

서만 빛이 쏟아지도록 조명을 연출했다. 주변에는 각 학교 일진들이 술을 마시며 석환과 이런저런 이야기를 나누고 있었다. 잠시 후 한 녀석이 무대에 올라와 마이크를 잡고 사회를 보기 시작했다.

"우리의 대빵인 석환이가 8월에 미국으로 유학을 가게 되었습니다. 오늘 행사에서는 대빵 석환이의 환송식 겸 새로운 대빵 인수식이 있겠습니다."

석환이 다시 유학을 간다더니 아마도 이 모임은 석환이 이 일대 학교들 일진으로서는 마지막으로 갖는 전체 행사인 듯했다.

"우선 선물 증정식이 있겠습니다."

그야말로 놀라운 일이 벌어졌다. 각 학교 아이들이 걷은 돈으로 산 선물이 수십 개나 됐다. 학교 대표인 아이들이 선물을 가져오면 석환이가 받아 한쪽에 쌓아 놓았다. 별로 고마워하는 눈치도 아니었다.

"그럼 이제, 우리의 짱 석환 군의 고별사를 들어보겠습니다."

사회 보는 녀석이 마이크를 넘기자 석환이 나와서 받았다. 웅성거리던 실내가 갑자기 조용해졌다. 석환이 한동안 입을 열지 않자 분위기는 얼어붙었다. 마침내 건조한 목소리가 마이크를 통해 실내에 울려 퍼졌다.

“내가 이번 여름에 미국으로 가게 되었다. 한국에서 학교를 마치고 싶었는데 어머님이 미국으로 가라고 해서 할 수 없이 가게 됐어. 초등학교 땐 일본, 고등학교 땐 미국인 셈이지. 그렇더라도 너희들과 보낸 즐거운 시간 잊지 않을게. 하지만 내가 미국에 가게 된 건 내 뜻이 아니야. 너희도 알고 있겠지만 요즘 실태조산가 뭔가로 인해서 우리 조직이 흔들리고 있어. 우리 학교에서도 어떤 개자식들이 나를 일진 짱으로 지목하는 바람에 전학보단 유학이 나을 것 같아서 미국으로 가게 된 거야.”

장내는 숙연해졌다. 몇몇 여자아이들은 팬심인지 안타까워하며 훌쩍이기까지 했다. 석환의 목소리에는 약간의 물기가 배어 있었다. 이곳에서 이렇게 큰 권력을 누리다가 낯선 미국으로 가려니 어떤 심정일지 어렴풋하게나마 짐작할 수 있었다. 숨어서 듣고 있던 재석과 민성은 머리가 싸해지는 느낌이었다. 자신들이 한 실태조사가 석환의 일진 조직의 뿌리까지 뒤흔들었다는 것을 새삼 확인했기 때문이다.

“저 자식이 강제로 미국 유학 가는구나.”

“그렇게 됐나 봐. 오늘이 마지막 모임인가 봐.”

“그래도 아무리 열 받았다 해도 준석이를 끌고 가!”

“보복하려나 보지.”

석환의 말이 이어졌다.

"내가 이곳을 떠나더라도 너희들은 절대 이 조직을 흐트러뜨리지 마라. 그리고 이 모든 일의 원인인 재석이와 민성이라는 새끼를 나 대신 반드시 응징해 주기 바란다. 그럴 수 있지?"

재석과 민성은 등골이 오싹해졌다.

실내는 박수와 함께 화답하는 목소리가 우레와 같이 울려 퍼졌다.

"유석환! 유석환!"

흥분한 목소리와 구호가 울려 퍼졌다. 마치 아이돌 가수의 공연을 보는 것 같았다. 석환은 카리스마 넘치는 표정으로 주먹을 번쩍 쥐고는 허공을 한번 찌르더니 다시 자리에 와 앉았다.

석환이 자리에 앉자 마이크를 잡은 사회자가 다시 무대 위로 올라왔다.

"자, 그럼 지금부터 단죄식을 하겠습니다. 주목해 주세요. 단죄식 할 놈을 끌고 올라오세요."

민성이 재석에게 물었다.

"야, 이거 물갈이라고 하지 않았냐?"

"그러게, 이상한데!"

단죄식을 하겠다고 하자 갑자기 한쪽에서 한 아이의 울먹이는 소리가 들렸다. 고개를 돌려보니 무대로 끌려 나오는 아이는 다름 아닌 준석이었다.

"엉엉엉!"

준석이 울며 끌려 나오자 덩치 큰 녀석들이 준석을 잡아서 무대 위로 끌어올렸다.

"이 자식이 얼마 전에 우리 조직을 재석이라는 개진상에게 일러바쳐서 학교에서 조사를 받게 만든 녀석이다. 어떻게 하면 좋을까?"

사회 보는 녀석이 큰 소리로 외쳤다.

"다구리! 다구리!"

아이들은 일제히 손을 올리더니 영화 속 한 장면처럼 엄지 손가락을 아래로 내리는 것이었다.

애들이 소란스럽게 외치고 있을 때 석환이 손을 번쩍 들더니 일어났다. 매사가 귀찮다는 표정에 탁한 목소리로 말했다.

"야, 유치하게 초딩을 다구리해야겠냐?"

아이들은 순간 조용해졌다.

"그리고 누가 저 애 잡아 오랬어?"

그러자 원정이 나섰다.

"석환아, 저런 녀석을 그냥 두면 우리 검은장갑에 문제가 생겨. 우릴 우습게 보지 못하게 본때를 보여 줘야 한다니까."

"아, 됐고! 심심하니까 초딩끼리 물갈이나 시켜."

"와, 그거 재미있겠다."

여기저기에서 덩치가 큰 초등학교 5학년 6학년짜리 들이 나왔다. 개중에는 여자아이들도 있었다.

"너희들, 재 준석이 귀싸대기를 한 대씩 돌린다. 살살 때리는 녀석들은 내가 용서치 않겠어. 나한테 맞을 줄 알아."

원정이가 재밌는 구경거리라도 되는 듯 얼굴에 비열한 웃음을 띠며 말했다. 준석이는 고개를 푹 숙인 채 빌었다.

"살려줘요, 살려줘요! 잘못했어요!"

들릴 듯 말 듯 한 소리로 빌고 있는 준석은 눈물범벅이 된 채 잔뜩 얼어 있었다. 민성은 재석에게 속삭였다.

"야, 이거는 우리끼리 해결할 수 없어. 얼른 준석이 엄마한테 전화 걸자."

재석이 고개를 끄덕이자 민성이 한쪽 구석으로 자리를 옮겨 민 대표에게 전화를 걸었다. 안 그래도 그새 민 대표에게 여러 번 전화와 문자가 와 있었다.

"준석이 어머니, 여기 수유리에 있는 수봉나이트예요. 준석이가 여기 잡혀 와 있어요."

"어머! 그게 무슨 말이야?"

"저희가 지금 구해낼 테니 우선 얼른 경찰에 신고해 주세요."

"아, 알았어. 나도 곧 갈게!"

정신이 나간 듯 민 대표는 전화를 끊었다.

그 사이에 키가 작은 5학년 정도 되어 보이는 여자애가 무대로 올라오더니 무표정한 얼굴로 준석이의 뺨을 후려갈겼다. 철썩 소리가 음악이 끊겨 적막한 나이트클럽에 울려 퍼졌다. 따귀를 맞자 준석은 다시 울음을 터뜨렸다.

"으아아앙!"

그다음, 그다음, 아이들이 한 명씩 올라와 뺨을 때리고 발로 걷어차는 등 폭행이 이어졌다. 어떻게든 빨리 제지해야만 했다.

"민성아, 내가 석환이를 조질 테니까 그때 네가 준석이 끌고 빨리 빠져나가. 알았지!"

"알았어."

둘은 눈빛만 봐도 무슨 행동을 해야 하는지 알 수 있을 만큼 서로를 잘 알았다. 재석은 옆에 있는 의자를 발로 짓이겨 쇠파이프를 하나 뜯어냈다.

"가자!"

재석은 옆에 있는 테이블을 그대로 엎었다. 그러자 콜라병과 술병 그리고 접시와 포크 같은 것들이 쏟아지면서 요란한 소리가 났다.

"뭐야? 무슨 소리야!"

놀란 아이들이 일제히 주목하는 사이 재석이 테이블 위로 뛰어올라 그대로 석환을 향해 돌진했다. 마치 한 마리 흑표범이 돌진하는 것 같았다.

"석환이 이 개자식아~!"

재석은 몸을 힘껏 던져 이단옆차기를 날렸다. 석환은 둘러싸고 있던 아이들이 미처 방어하기도 전에 재석의 발길질에 명치를 맞았다. 그리고 그대로 나가떨어지면서 석환은 숨이 막히는지 얼굴이 하얗게 변했다.

"죽여!"

"이 새끼가 재석이다!"

그 순간 석환의 보디가드 녀석들의 발길질과 주먹질이 우박처럼 날아왔다. 재석은 쇠파이프를 좌우로 휘두르며 겁을 주었다. 붕붕 소리가 나게 휘두르는 쇠파이프에 녀석들도 의자를 들거나 테이블을 들고 막아섰다. 나이트클럽을 빌려줬던 웨이터와 기도들이 깜짝 놀라 달려왔다.

"이 새끼들! 뭐 하는 짓거리야!"

갑자기 조명이 환하게 들어오자 싼 티 나는 실내장식이 가감 없이 민낯을 드러냈다. 재석이 활극을 벌이는 장면도 그대로 드러났다. 무대 위로 올라간 민성은 초등학생 아이들을 밀쳐내고 준석을 번쩍 들어 옆구리에 꼈다.

"준석아, 형한테 딱 붙어 있어!"

"혀어어엉!"

민성은 코피가 터지고 눈물범벅이 된 준석이를 보호하며 초등학생들을 헤치며 무대 아래로 내려왔다.

"저 새끼도 잡아!"

재석은 각 학교 일진 녀석들이 석환을 보호하기 위해 다가오는 것을 보면서 테이블에 있는 것들을 닥치는 대로 집어 던졌다. 그리고 곧바로 들어왔던 통로를 향해 달렸다. 여기저기 덤벼드는 녀석들이 있었다. 얼핏 봐도 길 가다 한두 번은 봤을 법한 이웃 학교 학생들이었다. 평상시에 일대일로 붙으면 감히 근처에 오지도 못했을 녀석들이 석환이 한 대 얻어맞고 쓰러진 것을 보자 주춤주춤 덤비는 시늉을 했다.

"비켜, 죽고 싶지 않으면."

재석의 눈에서 불꽃이 튀었다. 그 순간 녀석들은 멈칫했다. 통로로 빠져나가려는 순간 뒤에서 고릴라 같이 육중한 덩치 큰 놈이 덮치는 것이었다. 원정이었다.

"재석이, 이 개자식 잘 만났다!"

원정이 덮쳐서 바닥에 쓰러진 재석은 그대로 뒤통수로 녀석의 콧잔등을 박아 버렸다. 우직 소리가 나면서 원정이 코를 감싸 쥐고 나가떨어지자 재석이 벌떡 일어나며 말했다.

"넌 아직 멀었어, 인마."

그리고 쓰러진 녀석의 옆구리를 발길질로 한번 더 짓이겼다. 먼저 나가 있던 민성이 몽둥이와 연장을 들고 쫓아오는 녀석들을 보며 외쳤다.

"빨리 와! 엘리베이터 잡아 놓을게."

민성은 준석이를 데리고 엘리베이터로 달려가 스위치를 눌렀지만 엘리베이터는 내려오지 않았다.

그들이 서 있는 곳을 향해 녀석들이 마치 영화 속 좀비들처럼 몰려왔다. 재석은 옆에 쌓아 놓은 빈 병과 박스를 쓰러뜨리며 통로를 막았다. 천둥 치는 소리와 함께 박스에 있던 병들이 쏟아지면서 깨진 유리가 사방으로 튀었다. 재석은 출구로 나온 뒤 커튼 뒤에 있던 방화문을 닫아버렸다.

"빨리빨리!"

"그냥 계단으로 가자."

계단을 향해 뛰어가는 민성을 보며 재석은 날다시피 4층과 3층 계단으로 뛰어 내려가 진로를 확보했다. 하지만 이내 문이 열리면서 일진 녀석들이 쏟아지듯 달려 내려왔다. 증권회사 건물 아래로 내려가자 로비에서 경비를 보던 아저씨가 달려왔다.

"무슨 일이냐?"

"아저씨, 저 위에 깡패들이 있어요!"

"뭐? 뭐라고?"

재석과 민성은 서둘러 바깥으로 나왔다. 토요일 오후여서 그런지 부근에 있는 경마 게임장에서 사람들이 쏟아져 나와 포장마차에서 술을 마시거나 담배를 피우고 있었다. 그 사이를 뚫고 재석과 민성은 준석과 함께 달렸다.

"저기다!"

증권회사와 나이트클럽에서 튀어나온 녀석들이 재석이 일행을 향해 쫓아오고 있었다. 횡단보도가 아직 빨간불이었지만 재석은 그대로 길을 건넜다. 차들이 급정거하는 소리가 들렸다. 몇 놈이 따라오는 것이 보였지만 재석은 준석을 안전한 곳으로 옮기기 위해 물불 안 가리고 뛰었다.

"준석아, 너는 앞만 보고 달려. 우린 저놈들을 막을 테니까."

"형, 무서워!"

"괜찮아, 괜찮아. 저쪽으로 가서 아무 택시나 잡아타거나 양복 입은 어른한테 도와달라고 해. 너희 엄마한테 전화해 달라고, 알았지?"

길을 건너자마자 재석과 민성은 준석이가 멀어지고 사람들 사이로 몸을 감추자 반대쪽으로 뛰었다. 녀석들은 무서운 기세로 도로를 주행하는 차들 틈으로 마구 달려왔다. 대낮에 중고등학생 수백 명이 길바닥에 쏟아져 나오는 바람에 수유 사거리는 난장판이 되었다.

"삐뽀삐뽀!"

그때 저만치서 경찰차의 사이렌 소리가 났다. 녀석들은 갑자기 당황해 했다.

"야! 튀어!

그러더니 골목 사이사이로 바퀴벌레처럼 도망가기 바빴다. 자신들이 무엇을 잘못했는지는 알고 있는 것 같았다. 재석은 주유소 앞 사거리에 우뚝 섰다. 잡아 죽일 듯 재석이를 바짝 쫓아오던 녀석들이 재석이 버티고 서자 당황하며 멈칫했다. 재석의 눈에는 핏발이 서 있었다.

"덤벼! 한 놈씩 와라!"

아이들은 서로 눈치만 살폈다. 사실 원정과 석환이 등 몇몇 녀석들 빼고는 오늘 재석을 처음 보는 놈들이 더 많았다. 말로만 듣던 재석이었는데 그 활약상과 비호와 같은 행동에 석환과 원정이 나가떨어져 쫓아오기는 했지만 정작 맞받아치겠다고 나서는 놈은 없었다. 실전에서 절반은 기 싸움이었다. 머뭇거리던 녀석들은 경찰차 소리가 가까워지자 뿔뿔이 흩어지기 시작했다. 재석은 왔던 길을 당당히 걸어 돌아왔다. 민성도 숨어서 보고 있다 달려와 합세했다.

"재석아, 괜찮아?"

"응."

"형~!"

도망가라고 했던 준석도 이걸 보고는 달려왔다.

"괜찮아?"

"응. 괜찮아, 형"

준석을 구해내고 세 아이는 수유 사거리 한복판에 우뚝 섰다. 경찰차들이 도착하자 사방에서 경찰관들이 내렸다. 그러고는 아이들이 몰려 있는 나이트클럽으로 진입했다. 아이들은 우왕좌왕하며 사방으로 흩어져 도망갔다. 그걸 본 재석과 민성은 마침 앞에 와서 선 택시를 잡아탔다. 준석은 몇 대 맞아서 빰이 부은 것 말고는 크게 다친 곳은 없어 보였다.

앞 좌석에 앉은 민성이 고개를 돌려 물었다.

"여기까지 어떻게 온 거야?"

"학원 끝나고 집에 오는데 혁춘이 형이 떡볶이 사준다고 해서 떡볶이 먹다가……."

혁춘이와 떡볶이를 먹던 준석이가 중학생과 고등학생들에게 납치된 거였다.

"그래? 혁춘이 녀석이 나한테 네가 잡혀갔다고 알려줬는데?"

"혁춘이 그 자식이 준석이를 일부러 꼬여낸 거 아냐?"

"그거야 모르지. 혁춘이 그 자식도 무서우니까 시키는 대로 했겠지 뭐."

나중에 밝혀진 바로는 재석을 끌어들이기 위해 원정이가 덫을 놓고 준석을 미끼로 쓴 거였다. 기명이 형이 알려준 뒷문으로 몰래 쳐들어간 덕분에 재석이 그들의 허를 찌른 셈이었다. 이는《손자병법》에 나오는 전략이기도 했다.

그때 전화가 왔다. 민 대표였다.

"재석 학생, 지금 어디예요?"

"지금 택시 타고 가고 있어요."

"우리 준석이는? 준석이는 괜찮아요?"

"네. 지금 어디세요?"

"나이트클럽 쪽으로 가고 있어요."

"저희 지금 미아리예요. 백화점 앞에서 내릴 테니까 이쪽으로 오세요."

"응, 알았어요. 거기서 기다려요."

백화점 앞에서 택시를 내려 기다리고 있자 잠시 후 고급 승용차가 와서 비상등 깜빡이를 켜며 길가에 섰다. 민 대표가 내리더니 달려와 준석이를 끌어안고 울었다.

“아이고, 준석아!”

준석이를 끌어안고 우는 민 대표를 보자 재석은 식당에서 혼자 일하느라 힘들 엄마가 생각났다. 재석은 소리 없이 지하철역 입구로 내려가 집을 향해 발걸음을 옮겼다. 그러자 민성이 따라오며 말했다.

“아, 오늘도 좋은 동영상 많이 찍었네!”

그러면서 가슴에 꽂은 스파이 볼펜 카메라를 흔들었다.

9
성숙의 마디

새로 동영상을 찍을 거라는 이야기를 듣고 재석은 엄마 식당에서 일을 조금 도와준 뒤 지하철로 이동했다. 재석의 배낭 안에는 포스터가 십여 장 들어 있었다. 공부방이 있는 해성역에서 내린 재석은 고등학생들이 드나들만한 분식점 앞에서 배낭을 열었다. 미리 잘라 놓은 청테이프로 분식점 옆 골목 벽에 포스터 한 장을 붙였다. 공부방 쪽으로 나 있는 골목은 청소년들이 많이 다니는 길이었다.

일어나서 당당하게 외치세요.

그만해!

학급에서 벌어지는 왕따 사건의 피해자는 바로 여러분이 될 수도 있습니다. 우리 모두 그만하라고 외치며 자리를 박차고 일어나면 그 누구도 약한 학생을 괴롭히거나 궁지에 몰 수 없습니다. 나의 작은 용기, 여러분의 단합된 용기가 우리 사회를 왕따 없는 세상으로 만들 수 있습니다.

-왕따가 싫어요 학생 대표-

정성껏 포스터를 붙인 뒤 골목을 나오는데 음식물쓰레기를 버리러 나왔던 비닐 앞치마를 한 주인이 쳐다보며 말했다.

"학생, 거기다 그런 거 붙이면 안 돼."

"아 죄송합니다."

"그거 나이트클럽 홍보 포스터지?"

주인은 화가 난 표정으로 포스터를 떼려다 내용을 읽어 보고는 말했다.

"이게 자넨가?"

"네."

"고등학생이야?"

"네."

"고등학생이 좋은 일 하네. 왕따 방지라. 이거는 붙여놔도 되겠군."

너그러운 주인이었다.

"감사합니다. 감사합니다."

재석은 두 번이나 인사를 했다.

"학생이 대견하네, 이런 일도 하고."

"아닙니다."

"배고프지 않아? 뭐 먹을 것 좀 줄까?"

"아, 아니에요. 여기에 붙일 수 있게 해 주신 것만으로도 감사해요."

"그래, 배고프면 언제든지 와. 저 포스터는 아무도 못 떼게 내가 잘 감시할 테니."

"고맙습니다."

생각지도 않은 환대에 재석은 어깨가 으쓱해지면서 기분이 좋아졌다. 적극적으로 나서진 않더라도 이렇게 도와주는 어른이 있다는 사실만으로도 기뻤다. 고개를 돌려 분식집 간판을 보았다. 승리 분식이었다.

"아 역시, 이름도 좋구나."

재석이 이렇게 다른 동네까지 와서 포스터를 붙이며 캠페인을 벌이게 된 것은 물갈이 사건이 있은 뒤부터였다. 수봉나이트 사건은 현장에서 주동자급이 모두 사라져 사건이 그대로 덮이는 듯했다. 하지만 민 대표에 의해서 이 사건은 다시 주목받게 되었다.

준석이가 입원한 병원에 문병하러 갔을 때 민 대표는 재석과 민성, 그리고 향금과 보담에게 고마움을 표했다.

"정말 고마워요. 여러분 덕분에 준석이는 곧 퇴원할 수 있을 것 같아요."

"아니에요. 이런 일이 일어나지 않게 했어야 했는데……."

재석은 준석이에게 정말 미안했다.

"대학교 동창 중에 신문사 편집국장이 있어서 이번 일을 제보했어요. 곧 기사로 나올 거예요."

"아, 네."

"포스터 몇만 장 붙이는 효과가 있을 거예요."

"감사합니다."

사업을 해서인지 준석이 엄마 민 대표의 스케일은 남달랐다. 재석과 민성이 그리고 향금과 보담은 며칠 뒤 신문사 수석기자를 만났다. 요즘 신문은 신문과 방송이 같이 나오는지 취재를 하는 동시에 영상도 함께 찍었다.

"재석이 학생은 이런 왕따와 폭력 사태가 왜 벌어졌다고 생각하나요?"

"아이들이 어른들의 잘못된 모습을 그대로 따라 해서 그런

게 아닌가 싶어요. 사회가 힘과 돈과 권력으로 서열이 매겨지니까 아이들이 그걸 배우고 그대로 따라 하는 것 아닐까요?"

"듣자 하니 재석 학생도 옛날엔 주먹을 휘두르던 학생이었다던데요?"

"네, 그래서 반성 많이 하고 있어요. 그때 일 때문에 더 왕따 당하는 아이들을 힘닿는 데까지 도와주고 싶습니다."

"왕따를 당해 피해를 받은 아이들을 돕지 않고 침묵하는 것에 대해서는 어떻게 생각하나요?"

"나도 똑같은 피해자가 될지도 모른다는 생각 때문에 외면하는 겁니다. 사실 무섭거든요. 다들 옳지 않다는 것은 알고 있어요. 함께 저항할 방법과 제도가 필요한데, 현재로선 개개인의 노력만으로는 문제를 해결하기 어렵다고 생각합니다."

기자는 수봉나이트에서 있었던 이야기를 자세히 듣고, 민성이가 촬영했던 동영상 여러 개를 받아 돌아갔다.

며칠 뒤 언론에서는 난리가 났다. 텔레비전 방송 기자가 마이크를 잡고 수봉나이트 앞에 서서 방송하는 장면이 나왔다.

"어머, 어쩜 애들이 저렇게 잔인해?"

"애를 끝도 없이 패네. 저런 못된 놈들."

뉴스 동영상을 일부라도 본 사람이라면 하나같이 치를 떨었다. 사건의 여파는 점점 커졌다. 각 교육청에서 왕따와 일진 문화를 타도하라고 공문이 내려왔고, 경찰과 검찰에서는 철저히 수사하겠다고 발표하였다.

그걸 보면서 민성은 말했다.

"잠깐 저러다 말걸 뭐."

"설마."

"야, 영상의 여파가 얼마나 쉽게 뜨거워졌다가 쉽게 식는지 아냐? 영상은 한번 이슈가 되면 그걸로 끝이야. 내가 영상을 찍으면서도 가장 고민인 게 그거야. 열심히 찍어서 올리면 뭐해? 사람들이 '와~' 좋다 하고 돌아서면 바로 잊어버리더라고. 그런 면에선 재석이 네가 부러워."

"왜 내가 부러운데?"

"너는 작가가 꿈이잖아. 작가가 쓴 책은 십 년, 백 년까지도 남아 사람들에게 읽히잖아. 그리고 책에 나오는 문제들은 사람들이 오랫동안 생각하고 고민하잖아."

"민성아, 그래도 방송은 온 국민이 동시에 보잖아!"

보담이 말했다.

"그게 영상의 매력이기도 하고 말이야. 문학과 영상의 차이라고나 할까?"

"게다가 요즘 애들은 영상에 더 익숙해져 있어. 너도 영상에 빠져 있잖아. 언젠 영상이 최고라더니."

향금이 말했다.

"그래, 맞네."

재석은 고개를 끄덕였다.

언론에서 시끄럽게 보도되더니 곧 일진 아이들이 불려가 조사받았다는 소문이 들렸다. 하지만 어떤 조사를 어떻게 받았고 일이 어떻게 진행되는지는 아무도 몰랐다.

어느 날 김태호 선생이 재석을 불러 이야기를 나누었다.

"재석이 이번에 큰 건 하나 했구나."

"아니에요."

"다행이다. 몸 많이 안 다쳐서……."

"아이, 선생님. 제가 맨날 사고만 치고 병원에 입원해야 되겠어요? 이렇게 좀 조용히 넘어갈 때도 있어야죠. 손빈이 그랬어요. 싸우지 않고 이기는 게 제일 좋은 거라고."

"하하하, 맞다. 맞아 싸우기 전에 적을 꺾을 수 있으면 그게 가장 좋은 거지. 그런 걸 응용해서 애들이 대학시험에 떨어지기 전에 미리미리 공부 좀 하고, 꿈이 없다고 방황하기 전에 빨리빨리 특기와 적성을 살리면 얼마나 좋겠냐!"

김태호 선생은 역시 선생님이었다.

"고리타분한 말씀 좀 그만 하세요. 선생님도 아시잖아요. 애들이 얼마나 힘든지."

"알아 알아. 하여튼 고생 많았다."

재석이 포스터를 붙이고 돌아오면서 그동안 있었던 일을 생각해 보니 요 몇 주 안에 참 많은 사건들이 일어난 것 같았다. 공부방엔 먼저 와 있던 민성이 카메라를 세팅하고 있었고, 보담과 향금이 어젯밤 재석이 메일로 미리 보낸 대본을 연습하고 있었다.

"어서 와, 재석아."

"야, 나 오늘 므흣한 일이 있었어."

재석은 분식점 앞에서 있었던 이야기를 해 주었다.

"좋은 분이시다."

"재석아, 근데 안 좋은 소식도 있어."

"뭔데?"

"석환이랑 애들 다 훈방으로 풀려났대."

"뭐?"

재석은 일순간 화가 치밀어 올랐다.

"소문에 의하면 그 일진 조직 안에 법관 아들도 있고 국회의원 아들도 있었대. 그 사람들이 나서서 덮으라 그랬대. 준석이 때린 녀석들이랑 사회 본 녀석은 영상에 얼굴이 찍혀서 그 애들만 끌려갔고, 석환이 같은 애들은 얼굴이 불분명하게 나와서 교묘하게 빠져나갔나 봐. 증거 불충분이래."

"이럴 수가! 그게 말이 돼!"

"참아. 어른들 하는 일이 다 그렇지 뭐. 하지만 석환이는 더 이상 일진 노릇 못할 거야."

"그리고 석환이네 아버지 회사도 난리 났어. 꽤 유명한 전자회산데 사람들이 불매운동하고 난리도 아니래."

향금이 노트북으로 기사를 보여 주며 말했다.

"어디 어디?"

정말 수많은 댓글이 달려 있었다.

→ 한성전자 사장님 아들이 일진이라면서요.

→ 그런 마인드로 소비자를 위해 아름다운 가전제품이 만들어질까요. 저는 더 이상 한성전자 물건 안 살 겁니다.

이런 식의 댓글이 죽죽 올라와 있었다.

"와!"

무서운 일이었다.

"석환이 이 녀석 때문에 아버지 회사가 휘청할 정도구나."

"이게 바로 아직은 우리 사회가 정의를 갈망하고 있다는 증거야."

보담이 말하자 재석이 고개를 끄덕였다.

"그럼, 이제 우리는 우리가 할 수 있는 일을 해 볼까? 얼른 유튜브 영상이나 찍자. 대본은 다 숙지했지?"

"응."

이번에 찍을 동영상은 얼마 전 실태조사 결과를 바탕으로 캠페인 유튜브를 만드는 거였다. 보담과 향금이 나란히 앉자 동영상 촬영이 시작되었다.

"여러분 안녕하세요? 저희는 왕따 문제에 대해 이야기하려고 나왔습니다."

둘이 인사를 했다.

"여러분! 왕따는 어른이 막아줄 수도, 주먹을 휘두르는 아이들 스스로 자제할 수도 없습니다. 이것을 막을 길은 침묵하고 있는 다수, 즉 수많은 학생들의 힘이 합쳐질 때만 비로소 가능합니다. 학교 폭력과 왕따를 반대하는 목소리, '그만해'라고 외치는 이 캠페인이 온 나라에 퍼질 때 다수의 학생에게 기생하는 옴벌레 같은 폭력과 왕따는 사라질 겁니다. 여러분 용기를 내세요. 우리는 이제 외롭지 않습니다."

몇 번씩이나 다시 찍으며 보담과 향금은 아이들에게 희망과 용기를 줄 수 있는 메시지를 전달하려 노력했다.

촬영은 생각보다 어렵지 않았다. 작업이 예상했던 것보다 빨리 끝나서 네 사람은 기분이 좋았다.

"애들아, 우리 아까 그 아저씨네 분식집 가서 저녁 먹자."

"그래 그래."

보담의 제안에 아이들은 신이 났다. 어느새 배가 출출해졌다. 공부방에서 나와 분식점으로 향할 때였다. 등 뒤에서 오토바이 굉음이 들렸다.

"어떤 놈이야? 인도에서 오토바이를 타고."

고개를 돌리자 빨간색 야마하 오토바이가 다가와 옆에 섰다. 거기에 타고 있는 녀석은 석환이었다. 헬멧을 벗으니 새하얀 녀석의 얼굴이 나타났다.

"너!"

재석이 순간 주먹을 불끈 쥐었다.

"뭐야, 너 여기 왜 왔어!"

재석이 보담의 얼굴을 살피며 말했다.

"보담이한테 할 말이 있어서 왔어. 보담아, 너는 나를 받아주지 않았지만 나는 너를 위해 미국에 있는 존스 홉킨스 의과대학에 갈 거야. 꼭 의사가 되어서 네 앞에 다시 나타날 거야. 그러니까 나 잊지 마라."

석환은 보담에게 손을 내밀어 악수를 청했다. 하지만 보담은 그 손을 잡지 않았다. 그러자 석환은 멋쩍은 듯 웃으며 다시 헬멧을 쓰고 오토바이에 시동을 걸었다. 그리곤 저만치 가다가 오토바이를 돌려세웠다.

"아, 그리고 너 황재석! 너는 보담이랑 안 어울려. 그리고 끝날 때까지 끝난 거 아니다."

굉음과 함께 녀석은 오토바이 앞바퀴를 들어 올리는 묘기를 부리더니 순식간에 시야에서 사라져 버렸다.

"저거 뭐야, 저거? 아, 아깝다! 둘이 한판 붙는 거 찍을 수 있었는데."

민성이 재석의 표정을 살피더니 카메라가 달린 볼펜을 만지작거리며 웃었다.

"야, 솔직히 재석이한테 저런 건 한주먹 감도 안 되지, 안 그러냐? 빠짝 꼴아가지고……."

재석은 보담의 얼굴을 살폈다. 보담은 냉정을 잃지 않고 있었다. 그때 향금이 옆에서 초를 쳤다.

"어머, 오늘 보니 쪼금 멋지긴 하네. 부잣집 도련님인 줄만 알았는데 순정파네 순정파야."

"얘들아, 배 안 고프니? 난 배가 무척 고픈데. 재석아, 그 집 여기서 머니?"

보담은 아무 일도 없었다는 듯 밝게 웃으며 발걸음을 재촉했다. 덕분에 재석이의 기분도 다시 밝아졌다. 그러면서 재석은 보담의 웃는 눈매가 참 예쁘다고 생각했다.

배부르게 배를 채우고 집으로 돌아가는 네 아이는 홀가분한 기분이 들었다. 이제 새날이 밝으면 정의로운 아이들이 한 명이라도 더 늘어나는 새 아침이 될 거였기 때문이었다.

재석은 집에 돌아와 소설을 쓰기 위해 다시 책상 앞에 앉았다. 이제 정말 공모전이 눈앞에 닥쳐서 더 이상 미룰 수 없었다.

주인공이 교실에서 벌떡 일어나 그만두라고 하며 "멈춰!"를 외치는 장면까지 썼을 때 마침 카톡 알림음이 울렸다. 준석이었다.

준석이

재석이 형,
나 준석이야! 오후 8:13

오, 반갑다
다친 데는 많이 나았니? 오후 8:13

준석이

응 형 고마워
근데 나 형한테
부탁할 게 하나 있어 오후 8:14

오후 8:15 뭔데?

준석이

형 덕분에 나한테도 꿈이 생겼어
형처럼 남이 어려울 때
도와주는 사람이 될 거야
응원해 줄 거지?
형이 내 멘토가 되어 줘 오후 8:16

순간 재석은 깜빡이는 핸드폰 화면을 바라보며 한동안 멍하니 있었다. 자신의 멘토였던 부라퀴가 생각났다. 아낌없이 조언해 주고 때론 야단도 치던 부라퀴. 갑자기 부라퀴를 뵈러 보담이네 집에 가 봐야겠다는 생각이 들었다.

준석이

형, 안 돼요? 오후 8:20

내가 멘토 자격이 있을까?
오후 8:22 그런 생각이 들어서 말이야

준석이

재석이 형은
내가 만난 사람 중에
최고로 멋진 형이야! 오후 8:23

준석이의 마지막 말에 재석의 얼굴엔 살며시 웃음이 번졌다. 조금은 멋진 사람이 된 것 같아 기분이 좋았지만 한편으론 어색했다.

대나무가 성장하면서 한 번씩 맺어 주어야 하는 마디. 마디가 맺혀야 새로운 생장점이 생겨 쭉쭉 성장할 수 있는 거다. 재석의 삶에도 새로운 마디가 맺히고 있었다. 앞으로 더 참고 견디며 성장해야 할 새로운 마디가…….

까칠한 재석이가 폭발했다

초판 1쇄 발행 2017년 9월 25일
개정판 1쇄 발행 2018년 6월 25일
개정2판 1쇄 발행 2023년 1월 27일
개정2판 2쇄 발행 2024년 2월 1일

지은이 고정욱
그림 이은재
펴낸이 이범상
펴낸곳 (주)비전비엔피 · 애플북스

기획 편집 차재호 김혜경 한윤지 박성아 신은정
디자인 김혜림 최원영 이민선
마케팅 이성호 이병준 문세희
전자책 김성화 김희정 안상희 김낙기
관리 이다정

주소 우)04034 서울시 마포구 잔다리로7길 12 (서교동)
전화 02)338-2411 | **팩스** 02)338-2413
홈페이지 www.visionbp.co.kr
인스타그램 www.instagram.com/visionbnp
포스트 post.naver.com/visioncorea
이메일 visioncorea@naver.com
원고투고 editor@visionbp.co.kr

등록번호 제313-2007-000012호

ISBN 979-11-92641-05-8 04810
979-11-90147-92-7 (세트)